KB246276

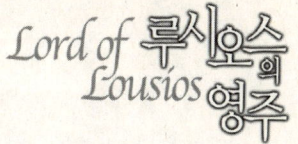

Lord of Lousios 루시오스의 영주

루시오스의 영주 7

권제훈 판타지 장편 소설

초판 1쇄 찍은 날 § 2013년 12월 9일
초판 1쇄 펴낸 날 § 2013년 12월 16일

지은이 § 권제훈
펴낸이 § 서경석

편집부장 § 권태완
편집책임 § 박은정
디자인 § 이거일

펴낸곳 § 도서출판 청어람
등록번호 § 제1081-1-89호
등록일자 § 1999. 5. 31
어람번호 § 제1-1729호

주소 § 경기도 부천시 원미구 심곡2동 163-2 서경B/D 3F (우) 420-822
전화 § 032-656-4452 팩스 § 032-656-4453
http://www.chungeoram.com
E-mail § chungeorambook@daum.net

ⓒ 권제훈, 2013

ISBN 978-89-251-3612-7 04810
ISBN 978-89-251-3367-6 (세트)

※ 파본은 구입하신 서점에서 교환하여 드립니다.
※ 저자와 협의하여 인지를 붙이지 않습니다.
※ 이 책은 도서출판 청어람과 저작자의 계약에 의해 출판된 것이므로,
　무단 전재 및 유포 · 공유를 금합니다.

Lord of Lousios

권제훈 판타지 장편 소설

FANTASY FRONTIER SPIRIT

7

[완결]

루시오스의 영주

도서출판 청어람

CONTENTS

Chapter 01
결투

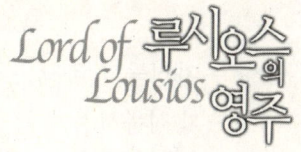

Lord of Lousios 루시오스의 영주

　3왕국 연합군이 그라이스 왕국의 수도를 앞두었을 때, 연합군을 구성하고 있는 병력에는 상당한 변동이 있었다.

　베네시아 왕국의 1차 지원군은 2만 7천 정도로 가장 많은 구성을 차지하고 있었고, 그라이스 왕국의 영주들이 2만, 에오스 왕국의 1차 지원군 1만 3천이 그 뒤를 따랐다.

　이에 따라 연합군의 총지휘권은 자연스럽게 루스웰 공작에게 맡겨졌다.

　"드디어 수도군요."

　그라이스 왕국의 귀족, 티르 백작은 간신히 탈출했던 수도의 모습이 보이자 전의를 불태웠다.

비록 자신들의 국왕은 목숨을 잃었지만 수도를 탈환하는 건 반드시 성사시켜야 할 중요한 일이었다.

특히 그라이스 왕국은 아직까지 수도와 동부 지역을 크로이드 제국에게 빼앗긴 상황이었다.

수도를 탈환한다고 해서 전쟁이 끝나는 게 아닌 것이다.

그렇기에 수도라는 안정적인 보급로를 반드시 확보해야만 했다.

"이곳에서의 전투가 이후 전쟁의 승리를 가를 것으로 예상됩니다."

에오스 왕국의 귀족, 아틀라스 후작은 신중하게 이곳에서 벌어질 전투에 대해 말하였다.

그레고리 후작이 죽고 연이은 승전으로 기세가 크게 올라 있는 상태지만 이 소식을 들은 에테르 황제와 두 그랜드 소드 마스터가 가만히 있을 리가 없었다.

분명 그라이스 왕국의 수도에 전력을 집중할 터였다.

"이번에는 나도 나서야겠지."

계속 후방에 남아 있던 루스웰 공작마저 이번에는 전선으로 나설 생각이었다.

상대가 3명의 그랜드 소드 마스터인데 카이저 하나에게 그들을 모두 맡길 수는 없었다.

"루스웰 공작 각하는 저희 연합군의 총사령관입니다. 가급적 몸을 사려주십시오."

네테스 후작은 루스웰 공작이 직접 나서겠다고 하는 걸 말릴 수밖에 없었다.

　그와 루턴 후작, 아틀라스 후작 등의 소드 마스터가 존재하지만 연합군의 특성상 완전한 아군이라기보다는 공을 놓고 싸우는 경쟁 상대에 가까웠다.

　서로 다른 왕국의 소드 마스터들이 힘을 합쳐 싸우기는 사실상 불가능한 것이다.

　"흐음."

　카이저는 수도를 앞두고 어떻게 수도를 탈환할 것인지 작전을 의논하는 회의에 껴서 홀로 고민에 잠겨 있었다.

　어지간히 기발한 계책을 떠올리지 않는 이상 정석대로 공성전에 들어갈 가능성이 높았다.

　그레고리 후작을 죽였기에 공성전의 부담을 최대한 줄일 수는 있었지만 여전히 전력의 부족은 큰 문제였다.

　"루시오스 백작, 무언가 좋은 생각이 없는가?"

　루스웰 공작은 자신보다도 더 많은 시간을 전쟁터에서 보낸 페네스 하임의 지식에 기대를 걸어보았지만 카이저는 고개를 내저었다.

　"방어를 하는 입장이라면 모를까 공격하는 입장에서 펼칠 수 있는 전략은 한계가 있습니다."

　아무리 많은 전장의 경험을 가지고 있다고 해도 페네스 하임은 언제나 다른 누군가가 짠 계책에 따라 움직였을 뿐이었다.

그렇기에 카이저 역시 마땅한 계책을 내지 못했다.

하지만 숱한 경험으로 상대의 계책을 예상하는 것 정도는 충분히 가능했다.

"그런데 한 가지 걱정되는 것이 있습니다."

"그게 무엇인가?"

"저희가 수도를 탈환하기 위해 공격을 개시했을 때 측면이나 후면에서 공격받을 가능성이 있습니다."

그랜드 소드 마스터들을 보유하고 있는 크로이드 제국이기에 선택이 가능한 전략이었다.

어차피 루스웰 공작은 정면에 나선다고 해도 힘을 아껴야 하기에 공성전이 끝난 뒤에야 제대로 활약을 펼칠 수 있었다.

그 틈을 노려 크로이드 제국이 1명이나 2명의 그랜드 소드 마스터에게 수비를 맡기고 다른 그랜드 소드 마스터는 후위로 이동해 취약해진 수뇌부를 노릴 경우 연합군은 큰 타격을 입게 될 것이다.

제아무리 그랜드 소드 마스터라도 수만의 군대 속에서 수뇌부를 공격하기는 어려웠지만 그랜드 소드 마스터를 보호하기 위해 같이 움직일 기사단과 마법사들도 상정한다면 충분히 가능성 있는 일이었다.

"으음."

그랜드 소드 마스터를 보유하지 못한 에오스 왕국이나 그라이스 왕국은 이에 대한 마땅한 해결책을 내놓지 못했다.

그랜드 소드 마스터를 상대하려면 똑같은 그랜드 소드 마스터가 가장 유효했던 것이다.

'2:3의 차이를 뒤집을 전략이 있어야겠군.'

아군의 숫자가 적을 경우에는 적들을 흩어지게 한 뒤 각개 격파 하는 것이 병법의 기본이었으나 그것을 가능하게 할 마땅한 전략이 없었다.

'서부의 그랜드 소드 마스터만 있었더라도.'

아틀라스 후작은 소문으로만 전해 들은 서부의 그랜드 소드 마스터를 떠올렸으나 타국의 그랜드 소드 마스터가 이 전쟁에 끼어들 이유는 어디에도 없었다.

"오러 마스터들을 모아 공격하는 방법도 있습니다만……."

마법사인 티르 백작은 오러 마스터들을 한곳에 모았다가 크로이드 제국의 그랜드 소드 마스터가 측면이나 후면을 기습할 때 단체로 이동시키는 방법을 생각해 보았다.

연합군의 오러 마스터 다수를 투입한다면 그랜드 소드 마스터의 발목을 붙잡는 일 정도는 할 수 있을 것이다.

하지만 훗날 소드 마스터로 성장할 가능성이 있는 오러 마스터들을 그렇게 소모하는 건 큰 손실이었다.

"그랬다가는 오러 마스터들이 모두 죽겠지요."

게다가 공성전에 있어서 오러 마스터는 공성무기 이상의 효율을 낼 수 있는 거대한 전력이었다.

그들을 전장에서 **빼는** 것만으로도 손해가 이만저만이 아
니었다.

"아니면 제가 혼자 나서보겠습니다."

카이저는 에테르 황제가 일전에 약조했던 일대일로 결투
를 할 기회를 주겠다고 했던 말을 염두에 두고 입을 열었다.

물론 상황과 조건이 달라진 이상 그 말을 들어줄 가능성은
없었으나 시도해 볼 가치는 있었다.

게다가 자신의 능력이라면 수도를 감싸고 있는 보호막을
가장 효율적으로 부술 수 있었다.

보호막만 부순다면 수도를 두르고 있는 성벽 역시 간단히
무너뜨려 공성전으로서의 의미를 상실시켜 버리는 것도 가능
했다.

"혼자서라니, 혼자서 어떻게 하겠다는 것이오?"

티르 백작은 카이저의 말에 눈이 휘둥그레졌다.

카이저가 9서클 마법사인 그레고리 후작을 죽였다는 이야
기는 들었지만 공성전에서 기사와 마법사의 효율은 비교하는
것이 불가능할 정도였다.

카이저가 마법사라면 모를까 기사로서 공성전에서 힘을
발휘하기는 어려울 것 같았다.

그러나 루스웰 공작은 카이저의 말에 수긍했다.

모든 전력을 남겨둔 채 카이저 혼자서 보호막을 부수고 성
벽을 날릴 수만 있다면 병력의 숫자와 사기에서 앞서는 자신

들이 승리할 가능성이 높아진다.

물론 그렇다고 할지라도 여전히 3명의 그랜드 소드 마스터는 큰 위협이었다.

게다가 카이저가 홀로 나서는 순간, 카이저는 적들의 집중 공격을 받게 될 위험이 있었다.

"마법사들과 그랜드 소드 마스터들의 공격을 막을 대비책이 있는가?"

루스웰 공작의 물음에 카이저는 고개를 끄덕였다.

굳이 카이저 자신이 방어를 취하지 않더라도 3개 이상의 대비책이 있었다.

하나는 날아오는 마법들을 태워 버릴 불꽃이었고 다른 하나는 이번에 새로 장만한 마족의 가죽으로 만든 갑옷이었다.

소드 마스터 중에서는 최강이라고 할 만한 카이저의 공격으로도 제대로 뚫을 수 없던 그 가죽으로 된 갑옷이라면 이 대륙에 있는 어떤 마법사도 뚫을 수 없는 것이나 마찬가지였다.

그리고 그랜드 소드 마스터들의 공격을 막을 이기어검 10자루도 마련되어 있으니 그랜드 소드 마스터들의 집중 공격을 제외한다면 확실히 유효한 방법이었다.

하지만 만약 그레고리 후작이 살아 있었다면 이 방법은 절대로 쓸 수 없었을 것이다.

텔레포트 방해 마법을 펼쳐봐야 그레고리 후작이라면 군

단 하나를 통째로 옮겨 홀로 빠져나온 카이저의 뒤에 나타날
수 있을 테니까.

3명의 그랜드 소드 마스터와 9서클 마법사의 공격이라면
지금의 카이저 역시 대책이 없었다.

몇 번을 생각해 봐도 활용성이 높은 9서클 마법사 그레고
리 후작을 가장 먼저 잡은 건 행운이었다.

"그럼 맡겨보겠네. 절대 무리하지 말도록 하게."

이 전쟁에서 승리할 수 있다고 해도 카이저를 잃는다면 그
건 손해였다.

카이저는 이후 소드 갓이라는 경지에 도달할 것이 확실시
되는 존재로 지금의 성장 속도로 본다면 20대에 충분히 그 경
지를 이룰 수 있었다.

만약 왕국의 존망과 카이저의 목숨 중 하나를 골라야 한
다면 루스웰 공작은 고민하지도 않고 카이저를 선택할 것이
다.

"무리는 하지 않을 겁니다."

에테르 황제가 눈앞에 나타나기 전까지는.

카이저는 굳이 뒷말을 내뱉지 않았다.

*　　　　*　　　　*

"도대체 왜 이러시는 겁니까?"

클라우드 공작은 매우 난감한 얼굴로 에리카를 보고 있었다.

원래 계획대로라면 그는 벌써 그라이스 왕국의 수도로 가서 전투를 준비하고 있어야 했다.

그런데 클라우드 공작은 아직도 크로이드 제국의 황궁을 벗어나지 못하고 있는 상태였다.

그 원인은 바로 에리카였다.

에리카가 자신의 목숨을 인질로 붙잡고 그를 붙든 것이다.

"공작의 뜻은 잘 알겠어요. 하지만 이 전쟁은 인정할 수 없어요."

에테르 황제가 자신에게 집착하는 이유도, 클라우드 공작이 대륙전쟁에 참전한 이유도 모두 알았다.

하지만 그렇다고 해서 에리카는 자신의 입장을 바꾸려고 하지는 않았다.

크로이드 제국은 베네시아 왕국의 적이었고, 동시에 루스웰 공작과 카이저의 적이었다.

그렇다면 에리카 자신에게 있어서도 명백한 적이다.

그렇기에 에리카는 자신의 목숨을 담보로 클라우드 공작을 붙잡고 있었다.

"당장 검을 내려놓으십시오."

클라우드 공작은 한층 가라앉은 분위기로 에리카를 설득하려고 했다.

'실수했군.'

에리카에게 에테르 황제에 대해 설명해준 것은 클라우드 공작에게 있어 치명적인 실수였다.

에테르 황제가 자신의 목숨을 해치지 않을 거라는 믿음을 줘버렸기에 에리카는 자신이 베네시아 왕국만이 아니라 크로이드 제국의 인물들에게도 인질로서의 가치가 있음을 깨달은 것이다.

"에리카 공주님은 에테르 황제 폐하께서 돌아가셔도 상관없다는 것입니까?"

"그럼 전쟁을 멈추세요. 잘못된 전쟁이라는 건 클라우드 공작께서도 알고 계시잖아요?"

에리카가 되묻자 클라우드 공작은 입을 다물었다.

스스로 잘못된 것을 한 번 인정한 이상 말로는 이길 방도가 없었다.

"이 전쟁은 이제 멈출 수 없습니다. 공주님의 생각대로 사과하고 끝날 문제가 아니란 말입니다. 그라이스 왕국의 국왕이 목숨을 잃었으니 그라이스 왕국은 무슨 수를 써서라도 저희 크로이드 제국과 전쟁을 이어가려고 할 것입니다."

"하지만 중부의 왕국들은 달라요. 중부의 왕국들은 전쟁을 지원하기만 했을 뿐, 아직까지 영토를 침범 당하지는 않았어요. 오라버니께서 선전포고에 대한 사죄를 하고 보상을 한다면 동부를 얻는 선에서 충분히 끝낼 수 있어요."

"그렇게 가벼운 문제가 아닙니다. 중부 왕국들의 동맹을 제의한 곳이 베네시아 왕국인데 이제 와서 그걸 허물겠다는 겁니까? 그리고 루스웰 공작과 루시오스 백작이 그걸 받아들이겠습니까?"

"물론 받아들일 거예요."

"……."

에리카의 자신만만한 답변에 클라우드 공작은 고민에 빠졌다.

어쩌면 정말 에리카의 말처럼 가능할지도 모른다.

다른 상대라면 몰라도 에리카라면 그 둘을 충분히 설득할 위치에 있었다.

루스웰 공작의 양녀에 루시오스 백작의 연인이었으니까.

그렇지만 여전히 문제는 남아 있었다.

"동부 왕국들이 저희 크로이드 제국의 손에 떨어진다면 중부 왕국들은 이에 위협을 느낄 겁니다. 그렇다고 새로 얻은 영토를 포기한다면 에테르 황제 폐하에 대한 지지가 흔들립니다. 그분은 넓은 인망으로 귀족들을 다스리고 있는 게 아닙니다. 한 번이라도 만만하게 보인다면 그때는 반란을 막을 수 없습니다."

귀족들을 힘과 두려움으로 다스리는 공포정치는 얕보이는 순간 모든 것이 무너질 수밖에 없었다.

중부 왕국들에 선전포고에 대한 사죄와 보상을 하는 순간,

크로이드 제국은 또다시 내전을 겪어야 한다.

한 번도 아니고 두 번이나 내전을 겪게 된다면 황제에 대한 백성들의 민심 역시 등을 돌리게 될 것이다.

동부의 왕국들을 멸망시키고 그곳을 점령한다면 어느 정도 반란을 차단할 수는 있겠지만 동부 전체를 다스리게 된 크로이드 제국에 중부 왕국들은 큰 위협을 느낄 것이다.

그들이 전쟁을 멈출 리가 없었다.

베네시아 왕국에서 병력을 돌린다고 해도 다른 중부 왕국들은 크로이드 제국과의 전쟁을 계속 이어나갈 것이다.

확실하게 전쟁을 멈추기 위해서는 이 전쟁을 일으킨 당사자인 에테르 황제를 죽이거나 황제의 자리에서 끌어낼 수밖에 없다.

"그건……."

에리카도 이 말에는 별다른 대꾸를 할 수 없었다.

그것을 해결하기 위해서는 베네시아 왕국과 크로이드 제국이 동맹을 맺어야 하는데 그렇게 되면 각 왕국과의 관계가 악화될 것이다.

더구나 베네시아 왕국과 크로이드 제국의 동맹은 사실상 대륙 최강국들의 연합이나 다름없었다.

중부 왕국들은 가능성이 없다고 할지라도 전쟁을 일으켜야만 했다.

그러면 전쟁을 막겠다는 에리카의 생각은 어긋나게 된다.

"에리카 공주님이 폐하가 아닌 베네시아 왕국의 편에 서는 건 이해해 드릴 수 있습니다. 하지만 거기까지입니다. 이곳에 잡혀 오신 이상 에리카 공주님이 끼어들 자리는 이 전쟁 어디에도 없습니다."

클라우드 공작은 조심스레 에리카의 손에 들려져 있는 검을 잡아 아래로 내렸다.

"왜냐하면 이 전쟁은 에테르 황제 폐하의 의지로 시작된 것이기 때문입니다. 에리카 공주님은 이 전쟁의 원인이 아닙니다."

클라우드 공작의 말에 에리카는 고개를 푹 숙였다.

에테르 황제가 마음을 고친다고 할지라도 이미 벌어진 전쟁을 되돌릴 수는 없는 상황에 도달한 것이다.

에리카를 진정시킨 클라우드 공작은 리아에게 에리카가 또다시 이런 돌발행동을 벌이지 않게 신경 쓰라고 일러두고 몸을 돌렸다.

'많이 지체되었군.'

에테르 황제와 하버크 공작으로부터 사나운 눈초리를 받을 생각에 클라우드 공작은 떨떠름한 표정을 지었다.

"하, 한 가지만 약속해 주세요."

"무엇입니까?"

방을 나서려던 클라우드 공작은 에리카의 목소리에 제자리에 멈춰 서서 에리카를 돌아보았다.

"만약 전쟁을 멈출 만한 기회가 온다면 반드시 멈춰 주세요."

에리카의 말에 클라우드 공작은 두 눈을 번뜩였다.

에리카가 말하는 전쟁을 멈출 만한 기회가 무엇인지를 알아차렸기 때문이다.

이 전쟁의 근본적인 원인은 에테르 황제에게 있으니 전쟁을 멈출 만한 기회라는 것은 에테르 황제가 전쟁을 포기하거나 진행할 수 없는 상황을 의미했다.

하지만 전자의 경우는 불가능한 것이니 후자인 진행할 수 없는 상황일 가능성이 높은데 그런 상황은 오직 하나, 에테르 황제가 죽었을 때뿐이었다.

'결국 폐하께서는……'

클라우드 공작은 에테르 황제의 얼굴을 떠올리고는 씁쓸한 얼굴로 고개를 끄덕였다.

억지로 데리고 온 에리카조차 결국 에테르 황제가 원하던 가족은 아니었다.

어쩔 수 없다면 어쩔 수 없는 일이었다.

만약 이 상황에서 에리카가 에테르 황제를 위해 노력한다면 에리카를 이상하게 생각할 정도로 이는 당연한 일인 것이다.

*　　*　　*

하루 동안의 휴식이 끝나고 연합군은 그라이스 왕국의 수도를 탈환하기 위해 움직였다.

6만의 병력이 수도의 정문을 둘러싸고 있는 모습이 눈에 들어오자 하버크 공작은 긴장된 얼굴로 그레고리 후작을 죽인 카이저를 찾아 시선을 옮겼다.

'9서클의 경지에 오른 그레고리 후작을 죽인 상대라.'

에테르 황제가 직접 자신의 입으로 적수라고 표현했다는 이야기를 들었던 하버크 공작은 아쉬운 기분이 들었다.

에테르 황제가 점 찍어둔 상대를 자신이 해칠 수는 없는 노릇이었다.

'음?'

강한 상대와 싸울 기회가 없다는 사실에 안타까워하던 하버크 공작은 연합군들 틈에서 홀로 빠져나오는 청년을 발견하고 시선을 고정했다.

그랜드 소드 마스터의 뛰어난 신체는 시력까지 적용되어 청년의 얼굴을 바로 앞에서 보는 것과 같았다.

붉은 머리와 눈동자.

에테르 황제에게 들었던 카이저의 이미지와는 다르지만 그레고리 후작의 죽음을 목격했던 기사들의 증언과는 일치하는 외견이었다.

머리색 정도야 염색으로 바꿀 수 있다고 해도 눈동자는 조금 의외였다.

'전령인가?'

상대가 입고 있는 갑옷이 가죽갑옷이라는 걸 확인한 하버크 공작은 카이저가 아닌 다른 상대일지도 모른다고 여겼다.

일국의 백작 정도라면 저보다 훨씬 훌륭하고 사치스러운 갑옷을 얼마든지 구할 수 있었다.

물론 전투에 방해가 된다는 이유로 무거운 철제갑옷은 피하는 경우가 태반이었지만 저 검은 가죽갑옷은 아무리 보아도 허술해 보였다.

하지만 그런 생각도 잠시, 상대의 등 뒤로 10자루의 검이 따라붙자 하버크 공작은 청년이 카이저임을 알아차렸다.

"크로이드 제국의 황제에게 알린다!"

카이저는 연합군에서 100보 떨어져 나와 있는 힘껏 소리쳤다.

그 거리는 성벽 위에 있는 궁수들의 사정거리 안이었다.

"나, 카이저 데 루시오스가 지금 이 자리에 섰다!"

"뭐라는 거지?"

"지휘관이 하는 연설 아니야?"

카이저의 외침에 크로이드 제국의 기사들과 병사들은 혼란스러운 얼굴로 의견을 나누었다.

하지만 하버크 공작이 바닥을 발로 강하게 내리찍는 것으로 그 소란을 잠재웠다.

쿠웅!

"모두 입을 다물어라."

하버크 공작의 말에 기사들과 병사들은 황급히 자신의 입을 손으로 가렸다.

"그때 나에게 했던 말을 지키고 싶은 의향이 있다면 나와라! 둘이서 결판을 내자!"

카이저의 외침을 들은 하버크 공작은 눈을 가늘게 떴다.

상대가 진짜 카이저이고 자신들이 에테르 황제를 내보낸다면 사실상 둘의 전투가 이 전쟁의 향방을 가르는 것이나 마찬가지였다.

동귀어진을 한다면 또 모를까 한쪽이 살아남는다면 다른 쪽은 몰살 확정이었다.

"폐하께 보고를 올려라."

하버크 공작의 명령에 옆에 서 있던 부관이 목례를 올리고 뒤를 돌아보았을 때였다.

"그럴 필요 없다."

에테르 황제는 마치 재미있는 무언가를 발견한 개구쟁이의 미소를 지으며 다가왔다.

그런 그의 옆에는 살짝 굳어진 표정의 클라우드 공작이 서 있었다.

"충!"

에테르 황제가 모습을 드러내자 하버크 공작을 비롯한 기사와 병사들, 그리고 후방에 떨어져 있던 마법사들까지 일제히 경례를 올렸다.

그는 제국의 주인이며 장차 대륙의 태양이 될 자신들의 군주였다.

"폐하, 결투 신청을 받아들이실 겁니까?"

클라우드 공작은 사뭇 긴장한 얼굴로 에테르 황제에게 물음을 던졌다.

에리카가 했던 말이 아직도 그의 머릿속을 맴돌고 있었다.

만약 에테르 황제가 이긴다면 혹은 카이저가 이긴다면.

어느 쪽이라도 둘이 같이 산다는 경우는 양립할 수 없었다.

"짐이 어떻게 하는 게 좋을 것 같은가?"

에테르 황제는 이미 마음을 정한 것이 확실해 보였으나 굳이 자신에게 물음을 던지자 클라우드 공작은 잠시 고민에 빠졌다.

하지만 그의 대답은 정해져 있었다.

"폐하의 뜻대로 하십시오. 폐하의 뜻이 곧 제국민 모두의 뜻입니다."

나가서 싸우라고도 굳이 그럴 필요가 없다고도 하지 않았다.

그는 에테르 황제의 뜻에 따를 거라고 다짐한 몸이었다.

조언을 구하는 것이라면 모를까 이미 마음이 정해진 것 같은 에테르 황제에게 자신의 의견을 말할 필요는 없었다.

"그래. 그렇지."

에테르 황제는 자신을 응시하고 있는 카이저를 오만하게 내려다보았다.

자신이 내건 조건은 군대를 이끌고 베네시아 왕국을 침공했을 때 한 번 결투를 할 기회를 준다는 것이었으나 지금 상황은 반대가 되었다.

이곳은 베네시아 왕국도, 크로이드 제국도 아닌 그라이스 왕국의 수도였고 연합군은 탈환당한 땅을 되찾기 위해 싸우려고 하고 있었다.

한쪽이 일방적으로 당하는 입장이 아닌 것이다.

'오히려 잘된 일이다.'

지금이야말로 서로가 동등한 상황이라고 말할 수 있을 것이다.

저번 승부에서는 카이저의 곁에 있던 오러 마스터들이 오히려 독이 되었으나 지금은 그런 편법을 쓸 수도 없고 쓸 필요도 없었다.

에테르 황제가 그런 방법을 사용했던 건 인질로 붙잡힌 그레고리 후작이 있었기 때문인데 지금 그 그레고리 후작은 시신이 어디에 있는지조차 알 수 없는 망령이었다.

"카이저 데 루시오스, 타국의 검사여."

에테르 황제가 입을 열자 제국군과 연합군의 이목이 에테르 황제에게로 집중되었다.

"이 한 번의 승부로 넌 모든 걸 잃을 수도 있다."

"그건 동등한 조건 아닌가?"

카이저는 콧방귀를 끼었다.

모든 걸 잃는다는 건 어느 전투에서나 마찬가지다.

페네스 하임부터 지금의 카이저까지 그런 전투를 수없이 해왔는데 그런 것에 겁을 먹을 리가 없었다.

"그래. 맞는 말이다. 패자는 모든 걸 잃고 승자는 모든 걸 가진다. 원한다면 이 대륙조차 자신의 손 안에 담을 수 있지. 짐의 물음에 대답하라! 그대가 이 전투로 얻고 싶어 하는 건 무엇인가? 모든 걸 버릴 만한 가치가 있는 것인가?"

에테르 황제의 물음에 이번에 양군의 이목은 카이저에게 집중되었다.

카이저는 자신을 향하는 10만의 시선을 담담하게 받아들이며 검을 뽑았다.

"그 물음은 틀렸어. 난 내 모든 걸 찾으려고 온 것이니까."

카이저의 대답을 들은 에테르 황제의 얼굴에서 미소가 지워졌다.

카이저가 뜻하는 모든 것이 에리카라는 건 말하지 않아도 알 수 있는 사실이었다.

"그리고 넌 나의 모든 걸 갖기 위해 너의 모든 걸 걸었지. 남의 것이 그리도 탐나보였나?"

"닥쳐라!"

자신을 비웃는 것이 명백한 카이저의 모습에 에테르 황제는 발끈했다.

"짐은 곧 이 대륙을 통일할 것이다. 대륙의 모든 건 곧 짐의 것이란 말이다!"

대륙통일을 입에 담는 에테르 황제의 오만한 외침에 연합군은 분노하였으나 카이저는 무심하게 고개를 내저었다.

"아니, 아니지. 제아무리 대단하신 황제 폐하라고 할지라도 모든 걸 소유할 수는 없어. 특히 네놈은 그렇지. 네놈의 그자그마한 그릇으로 나의 것을 담을 수 있다고 생각하다니, 실로 오만방자하군. 애송이 황제."

"짐이 그런 도발에 넘어갈 것 같은가?"

카이저가 자신을 도발하고 있다고 여긴 에테르 황제가 호흡을 느리게 하며 차분하게 물었다.

서로의 실력은 미지수다.

에테르 황제는 카이저에게 전력을 내보이지 않았고 카이저는 새로운 힘을 손에 넣었다.

그렇기에 컨디션이나 침착함과 같은 변수가 승부를 가를 수도 있었기에 심신을 다스리고 냉정함을 유지해야 했다.

"도발이라고?"

도발이라는 말에 카이저는 피식 웃었다.

물론 그런 뜻이 전혀 없는 것은 아니었다.

서로의 승부를 가르는 것은 아주 사소한 차이, 그렇기에 상대가 조금이라도 침착함을 잃게 만든다면 승리할 확률은 비약적으로 상승한다.

하지만 카이저가 이런 행동을 하는 진짜 이유는 그런 것이 아니었다.

"그딴 게 아니야. 단지 주제도 모르는 애송이 황제에게 꼭 말해주고 싶었을 뿐이다. 남의 것을 빼앗으려면 그만한 힘과 그릇부터 키워야 한다는 것을."

"이미 패배했던 녀석이 같잖은 힘을 얻고 설치는구나. 진정으로 오만방자한 것은 그대다."

서로를 바라보는 카이저와 에테르 황제의 시선이 차갑게 변했다.

마치 아무런 감정도 지니지 않은 것처럼 둘은 냉혹하게 상대를 노려보았고 정밀하게 상대를 파악했다.

그리고 에테르 황제가 몸을 움직였다.

타악!

"폐하!"

에테르 황제는 과거 카이저가 그레고리 후작의 공격으로부터 루스웰 공작가를 지키기 위해 그랬던 것처럼 높은 성벽에서 아래로 뛰어내렸다.

그 모습에 몇몇 기사가 기겁하였으나 하버크 공작과 클라우드 공작은 그리 개의치 않았다.

그랜드 소드 마스터라면 산 정상에서 추락해도 다칠 가능성이 희박한데 성벽에서 뛰어내리는 정도로 다칠 리가 없었다.

에테르 황제가 내려오자 카이저는 살기를 풀풀 풍기며 자세를 잡았다.

일대일의 결투가 성사된 이상 변수만 제거한다면 승리는 확정된 것이나 마찬가지였다.

그리고 그 변수는 위에서 자신을 주시하고 있는 두 명의 그랜드 소드 마스터였다.

그렇지만 카이저 역시 변수를 가지고 있었다.

상급 마족의 가죽으로 만든 가죽갑옷과 카이저 자신만이 사용할 수 있는 기술들이 그것이었다.

그중 불을 일으켜 마나를 태우는 기술은 이미 파악되었지만 리버스 오러라는 히든카드는 파악되지 않았고 설령 파악한다고 해도 대처할 수는 없을 것이다.

"먼저 덤벼라."

"그럼 사양 않고 가주마."

카이저가 막 걸음을 내딛는 순간, 에테르 황제는 그에 맞춰 반사적으로 검을 내질렀다.

충분한 거리를 유지하고 있던 둘이 충돌하는 데 걸린 시간은 찰나에 지나지 않았다.

꽈아아앙!

카이저의 검에서 묵직한 충격이 느껴지자 에테르 황제는

몸을 살짝 뒤로 빼내 충격을 흘리고 곧장 반격을 가했다.

콰콰쾅!

연달아 꽝음이 터지며 카이저와 에테르 황제의 손과 발이 정신없이 움직였다.

그 충격으로 터져 나온 붉은빛의 파장이 사방으로 비산하며 대지를 갈라지고 대기는 요동쳤다.

"설마 이게 전력은 아닐 거라고 믿는다."

에테르 황제가 뒤로 몸을 날리자 8자루의 이기어검이 교체하듯 에테르 황제를 지나 카이저를 노리고 날아들었다.

이에 카이저 역시 10자루의 검을 이용해 방어와 반격을 동시에 이루었다.

"당연한 소리를."

방어와 동시에 이루어지는 카이저의 반격을 피해내며 에테르 황제는 의문스러운 눈길로 카이저를 보았다.

과거 그레고리 후작과 싸울 때 사용했던 마나를 불태우던 불꽃을 사용하지 않고 있었다.

'심리전을 걸겠다는 건가?'

가능성은 세 가지였다.

그 기술을 쓸 수 없는 것으로 위장하거나, 정말로 쓸 수 없거나, 한 번의 허점을 만들어내기 위해.

하지만 에테르 황제는 자신 있었다.

모르고 처음 붙는다면 당황했겠지만 카이저의 기술을 알

고 있는 당해 줄 이유는 없었다.

'아니, 어쩌면 다른 이유가 더 있을지도 모르겠군.'

몇 번 더 검을 휘두르던 에테르 황제는 문득 자신이 카이저에게 밀리고 있는 것 같다는 느낌을 받았다.

카이저가 기술을 사용하지 않는 것이 신경 쓰여 정신이 살짝 흐트러지자 그만큼 검술에서 빈틈이 드러나게 된 것이다.

'이것까지 예상한 것이라면 과연 짐의 적수로 부족함이 없다.'

에테르 황제는 만족스럽게 웃으며 카이저와의 승부에 집중했다.

사방에서 날아다니며 신경을 거슬리게 하는 카이저의 10자루의 이기어검은 8자루로도 충분히 방어가 가능했다.

숫자가 부족한 대신 그만큼 다루기가 편하기 때문이다.

게다가 에테르 황제가 알고 있는 정보에 따르면 카이저는 그랜드 소드 마스터의 경지에 오르고 아직 몇 달 지나지 않았다.

어떻게 그 짧은 시간 안에 최상급까지 올라갔는지는 알 수 없었으나 이기어검을 다루는 것이 서툴 수밖에 없었다.

"저것이 그랜드 소드 마스터들의 승부란 말인가?"

연합군의 아틀라스 후작은 멍한 얼굴로 카이저와 에테르 황제의 결투를 지켜보았다.

소드 마스터라고는 하지만 경지가 낮은 아틀라스 후작은

카이저와 에테르 황제의 움직임을 쫓아가는 것이 고작이었다.

"공작 각하, 어떤 것 같습니까?"

루턴 후작은 날카로운 눈초리로 둘의 결투를 보며 곁에서 언제라도 뛰쳐나갈 준비를 하고 있는 루스웰 공작에게 물음을 던졌다.

몇 번 그랜드 소드 마스터인 루스웰 공작과 대련을 해본 경험은 있었으나 같은 경지에 오른 자야말로 싸움을 잘 이해하는 법이었다.

"루시오스 백작이 조금씩 밀어붙이는 것 같지만 언제 뒤집혀도 이상할 게 없는 상황이네."

루스웰 공작은 루턴 후작의 물음에 대답하며 성벽 위에 서 있는 다른 그랜드 소드 마스터들을 응시했다.

클라우드 공작과 하버크 공작.

크로이드 제국의 그랜드 소드 마스터들이 끼어들게 된다면 지금의 결투는 엉망이 되어버릴 것이다.

'내 목숨을 버리는 한이 있더라도 저 둘은 막아야 한다.'

어느 정도 부상을 감수하고서라도 무리하게 저 둘을 붙잡고 그동안 카이저가 에테르 황제를 처치한다면 이 전쟁은 연합군의 승리로 돌아가게 될 것이 분명했다.

자신들을 응시하는 루스웰 공작의 시선을 느낀 클라우드 공작과 하버크 공작 역시 루스웰 공작을 보았다.

"당장에라도 나설 준비를 하고 있군."

클라우드 공작은 루스웰 공작의 생각을 알아차렸다.

자신들에게 향하는 살의와 투지가 여실히 느껴지고 있었다.

"뭐, 이쪽도 마찬가지네만."

하버크 공작은 카이저와 에테르 황제의 결투에서 시선을 떼지 않은 채 말했다.

자신들 역시 당장에라도 튀어 나갈 준비가 되어 있었다.

클라우드 공작은 그런 하버크 공작의 말에 수긍하는 뜻으로 고개를 끄덕였지만 그 행동은 뻣뻣하게 굳어 있었다.

클라우드 공작의 머릿속에는 아직까지도 에리카의 말이 맴돌았다.

'이 전쟁이 옳지 않다는 것은 처음부터 알고 있었다.'

에리카의 말을 떨쳐내기 위해 클라우드 공작은 스스로에게 말했다.

처음부터 알고 있던 일이다.

하지만 자신은 그것을 받아들였다.

그 이유는 오직 하나, 자신들의 군주인 에테르 황제에 대한 사죄를 위해서였다.

'난 폐하의 검이다. 폐하의 말씀을 따를 뿐.'

클라우드 공작은 흔들리던 마음을 바로잡았다.

자신은 에테르 황제를 따르는 한 자루의 검이다.

검은 생각할 필요도, 옳고 그름을 구분할 필요도 없었다.

그저 주인의 의지에 따라 사용되고 버려지면 그만이다.

*　　　*　　　*

카이저와 에테르 황제의 결투는 낮부터 시작해 해가 정오
를 지날 때까지 끝났지 않았다.

그러나 결투는 서서히 승패가 갈리기 시작했다.

카이저는 한결 여유로운 얼굴로 검을 휘두르는 반면 에테
르 황제는 체력과 마나가 떨어져 카이저의 공격을 막아내는
것만으로 버거워하고 있었다.

10자루의 이기어검과 8자루의 이기어검.

그 작은 차이가 시간이 흐를수록 점점 더 큰 차이가 되고
있었다.

또한 에테르 황제는 모르던 사실이지만 페네스 하임의 환
생인 카이저는 이기어검을 다루는 것에 아주 능숙했다.

그러나 새로 깨달은 것이 있었기 때문에 억지로 검들을 조
종하려 하지 않았고 그 때문에 에테르 황제는 카이저가 이기
어검을 다루는 것이 미숙하게 보였다.

하지만 덕분에 카이저는 마나를 상당히 아낄 수 있었고 다
른 것에 신경을 쓸 필요도 없었기에 보다 승부에 집중할 수
있었다.

"역시 제법이구나!"

에테르 황제는 땀을 주르륵 흘리며 감탄했다.

과연, 이 정도라면 충분히 그레고리 후작을 꺾을 만했다.

더구나 아직까지도 카이저는 일전에 사용했던 기술을 숨기고 있었다.

그 때문에 에테르 황제는 카이저가 어느 정도 틈을 드러내더라도 무리하게 파고들지 못하고 있었다.

'아직까지는 버틸 만하다는 건가?'

체력은 슬슬 한계를 향해 달리고 있을 텐데 에테르 황제가 전혀 동요하지 않자 카이저는 에테르 황제가 숨기고 있는 비장의 수가 있을 거라고 확신했다.

게다가 에테르 황제가 점점 밀리기 시작하자 성벽 위에 있는 클라우드 공작과 하버크 공작이 당장에라도 뛰어내릴 기세였다.

'승부수를 띄워야겠군.'

카이저의 눈이 매섭게 빛나자 에테르 황제는 직감적으로 카이저가 승부를 걸어온다는 것을 깨달았다.

지금 이대로 더 몰아붙일 수도 있을 텐데 무리해서 승부수를 띄우는 걸 보아 클라우드 공작과 하버크 공작의 영향이 작용한 것 같았다.

화르르륵!

붉은 화염이 넘실거리며 대기의 마나를 집어삼킴과 동시

에 클라우드 공작과 하버크 공작이 성벽에서 몸을 날렸고 루스웰 공작과 소드 마스터들 역시 검을 뽑고 카이저를 돕기 위해 내달렸다.

"드디어 그 기술을 꺼냈구나!"

자신의 검에 담긴 붉은 오러 블레이드가 무시무시한 속도로 줄어들기 시작했지만 에테르 황제는 당황하지 않고 침착하게 카이저의 공격을 막아냈다.

이 기술은 분명 대단하지만 결정적인 한방이라고 할 만한 것은 아니었다.

파삭!

그리고 바로 그 순간, 연합군과 카이저의 사이에서 2자루의 검들이 불쑥 튀어나와 카이저의 등을 향해 날아갔다.

'검을 바닥에 숨겨둔 건가?'

카이저는 뒤에서 날아오는 검의 존재를 파악하고 예상하지 못한 상황에 놀라워했다.

10자루 모두 사용할 수 있을 거라는 추측은 조금 전 검을 맞대면서 거의 확신했다.

에테르 황제의 검술 실력은 이미 그랜드 소드 마스터 최상급이라고 말할 수 있었으니까.

하지만 싸움을 하기도 전에 미리 검을 숨겨두었을 줄은 생각하지 못했다.

'처음부터 결투로 나를 제거할 속셈이었군.'

결투를 예상하지 않았다면 절대로 하지 않았을 행동이었다.

그러나 분명 예상하지 못한 방향에서의 기습이었다고는 하지만 이기어검을 통한 불시의 기습은 예상했던 터라 카이저는 당황하지 않았다.

화르르륵!

카이저의 주위로 화염의 오러 블레이드가 넘실거리며 사방으로 뿜어지자 에테르 황제는 뜨거운 열기로부터 몸을 보호하기 위해 자신 역시 오러 블레이드를 아낌없이 쏟아내야 했다.

"크윽!"

에테르 황제가 숨겨뒀던 2자루의 검은 카이저의 몸에서 뿜어져 나온 오러 블레이드를 뚫지 못하고 튕겨 나갔다.

또한 두 사람이 싸우고 있던 대지는 붉게 물들어 녹아내리고 있었다.

"폐하!"

클라우드 공작과 하버크 공작은 착지하자마자 에테르 황제를 구하기 위해 카이저에게 달려들었다.

"문을 열어라!"

하버크 공작은 에테르 황제의 앞으로 나와 카이저를 견제했고 클라우드 공작은 재빨리 문을 열도록 명령을 내렸다.

에테르 황제가 도망칠 수 있는 상황이 만들어지자 카이저는 자신의 앞을 가로막은 하버크 공작을 향해 매서운 공격을 퍼부었다.

"방해하지 마라!"

에테르 황제를 해치울 수 있는 절호의 기회가 찾아온 이상 카이저는 확실하게 에테르 황제를 끝장내고 싶었다.

에테르 황제만 죽인다면, 하다못해 당분간 요양을 해야 할 정도의 중상만이라도 입힌다면 그것으로 이 전쟁을 승리로 끝낼 수 있었다.

쐐애액!

카이저가 방어를 포기하고 공격일변도의 태도를 내보이는 순간, 10여 자루의 검이 카이저를 향해 쇄도했다.

카이저 역시 10자루의 검이 보호해 주고 있었으나 클라우드 공작과 하버크 공작이 합류하면서 이기어검의 숫자가 크게 벌어져 제대로 방어하지 못한 것들이 빈틈을 파고든 것이다.

조금 전 에테르 황제의 공격은 2자루였기에 어렵지 않게 막아냈던 카이저였으나 10자루를 상회하는 숫자가 동시에 날아들자 어쩔 수 없이 뒤로 물러났다.

"거기까지다!"

하버크 공작이 뒤로 물러나는 카이저를 쫓아 검을 휘둘렀으나 그의 검은 루스웰 공작에 의해 가로막혔다.

콰아아앙!

검과 검이 맞닿는 순간 또다시 거대한 폭발이 일어났다.

사방으로 뜨겁게 달궈지거나 약간 녹아내린 돌덩이와 모래가 튀었다.

"루스웰 공작인가."

하버크 공작은 루스웰 공작을 상대로 호승심을 불태우다 그의 뒤를 따라오는 소드 마스터들을 발견하고 혀를 찼다.

"승부는 나중으로 미루지."

하버크 공작은 있는 힘을 다해 루스웰 공작을 떨쳐내고 후퇴하였다.

에테르 황제와 클라우드 공작의 이기어검들이 물러나는 하버크 공작을 보호해 주고 있었기에 루스웰 공작은 그 뒤를 쫓을 수 없었다.

"놓치지 않겠다!"

그렇지만 카이저는 자신을 노리는 세 그랜드 소드 마스터의 이기어검들을 쳐 내거나 자신의 이기어검으로 견제하며 단숨에 하버크 공작을 따라잡았다.

촤아아악!

'무슨!'

카이저의 검이 터무니없는 속도로 움직이며 앞을 가로막는 검들을 날려 버리자 하버크 공작은 경악했다.

날아드는 이기어검을 쳐 내는 것이라면 그리 어려운 일이 아니었다.

하지만 카이저는 홀로 20자루에 가까운 검들을 뚫어버렸다.

그런 카이저의 검술이나 움직임은 같은 그랜드 소드 마스터인 하버크 공작이라도 흉내 낼 수 없을 정도로 민첩하였다.

콰지지직!

카이저가 검을 내려 베자 하버크 공작은 재빨리 양손으로 검을 잡고 위로 올려 베었다.

둘의 오러 블레이드는 상대의 것과 닿자마자 반발하며 거대한 폭발을 일으켰으나 카이저와 하버크 공작은 완력으로 그 충격을 고스란히 감당해냈다.

하지만 두 사람의 반응은 엇갈렸다.

'막아도 피해가 오는군.'

하버크 공작은 자신의 검을 집어삼키는 화염을 보며 인상을 일그러뜨린 반면 카이저는 자신의 승리를 확신했다.

에테르 황제가 뒤로 물러나면서 그의 목을 취할 수는 없게 되었지만 상대 그랜드 소드 마스터를 한 명 줄이는 것 역시 큰 이득이라는 사실은 변함없었다.

'리버스 오러는…….'

필살기라고 말할 수 있는 리버스 오러를 준비하면 카이저는 하버크 공작의 뒤에 있는 클라우드 공작과 에테르 황제를 보았다.

저 둘에게 이 기술을 보이는 건 이후 엄청난 손해가 될지도 모르는 일이었다.

특히 이번에 한 번 패한 에테르 황제는 당분간 자신과의 전투를 피하고 이 기술을 꺾기 위한 수련에 몰두할 것이다.

'쓰지 못하겠군.'

리버스 오러를 사용하지 못한다고 해도 어차피 하버크 공작과의 실력 차이는 분명했기에 카이저는 여유로웠다.

더구나 루스웰 공작과 연합군 소드 마스터들의 공세가 포함되었다.

이대로라면 하버크 공작이 꺾이는 것은 그야말로 시간문제였다.

파지지직!

하지만 크로이드 제국군은 호락호락하지 않았다.

마법사들의 수장이라고 할 만한 그레고리 후작이 죽었음에도 불구하고 상당한 실력의 제국 마법사들이 하버크 공작을 돕기 위해 일제히 공격마법을 날렸고 에테르 황제와 클라우드 공작의 견제 역시 카이저에게로 집중되었다.

'귀찮군.'

에테르 황제와 클라우드 공작이라면 모를까 마법사들이 날리는 마법은 사실 카이저에게 별다른 피해를 주지 못했다.

카이저에게서 뿜어져 나오고 있는 화염의 오러 블레이드에 대부분의 공격은 중간에 막혔고 그 여파로 뒤이어 날아오던 강한 마법들은 충격을 받아 위력이 약화되었다.

결론적으로 카이저는 움직이는 게 살짝 불편해졌을 뿐이
다.

그리고 그것은 카이저와 맞서며 뒤로 물러나고 있는 하버
크 공작에게도 똑같이 적용되고 있었다.

아니, 오히려 하버크 공작은 더 큰 피해를 보고 있었다.

카이저가 내뿜는 열기와 작렬하는 마법으로 인해 바닥이
녹아내려 그를 묶어두고 있었다.

무리하게 몸을 움직이려다가 균형이 흐트러지기도 했고
카이저는 그런 빈틈을 노리지 않았다.

'빈틈.'

카이저는 양쪽에서 날아오는 에테르 황제의 이기어검을
피해내며 하버크 공작의 빈틈을 노렸다.

핏!

하버크 공작은 심장을 쪼갤 것 같던 카이저의 검격을 아슬
아슬하게 피해냈으나 입고 있던 옷의 상의가 찢어지며 약간
의 핏물이 튀었다.

"……!"

그리 대단한 상처라고는 할 수 없었지만 상처를 입었다는
사실 하나만으로도 하버크 공작은 받는 압박감을 엄청났다.

더구나 이 장면을 목격한 연합군이 가만히 있을 리가 없었
다.

"전군은 총공격하라!"

루스웰 공작은 자신이 나설 상황이 오면 지휘권이 다른 지휘관에게 넘어가게 조치를 취해놓았고 그 지휘관은 지금이 절호의 기회라고 판단해 공격명령을 내렸다.

뒤쪽에 물러서 있던 오러 마스터들이 뛰쳐나왔고 성벽을 향해 수백 개의 마법과 수천 발의 화살이 날아들었다.

이에 크로이드 제국에서도 연합군을 향해 공격을 개시했다.

쿠콰콰쾅!

완전히 아수라장이었다.

베네시아 왕국의 병사들이 공성망치를 밀며 진격해왔고 에오스 왕국의 병사들은 투석기와 발리스타를 쏘아댔다.

이에 성벽에서는 거대한 보호막이 펼쳐졌으나 그 위력은 영 신통치 않았다.

기존에 설치되어 있던 마법을 그레고리 후작이 파괴한 뒤 새로 설치하지 않았기 때문이다.

과거 대륙의 암흑기 이전에 설치된 것이 아니라 현대의 마법사들이 급조해서 만든 보호막은 그 위력이 형편없었다.

'이대로라면 폐하의 안전이 위험하다. 내가 죽더라도 폐하를 살려야 한다.'

하버크 공작은 재빨리 이 위기를 타개할 방법을 생각해냈다.

"클라우드 공작, 폐하를 모시고 안으로 가서 문을 잠그게!"

"그게 무슨 소리인가? 그대는 어찌하려고 그런 소리를……."

"난 됐으니 폐하를 모시게! 어서!"

하버크 공작은 오러 마스터들이 코앞까지 들이닥치자 다급하게 소리쳤다.

이에 클라우드 공작은 잠시 망설이는가 싶더니 그대로 에테르 황제를 데리고 수도 안으로 뛰어 들어갔다.

쿠구구구!

에테르 황제가 귀환하자 기다렸다는 듯 성문이 요란한 소리를 내며 닫히기 시작했다.

"이런……."

아틀라스 후작은 아쉬운 눈길로 닫히는 성문을 보았다.

혼자 앞서나가면 집중공격을 받게 될 것이기에 섣불리 나설 수 없었다.

쿠우웅!

끝내 성문이 굳게 닫히자 아틀라스 후작은 고개를 돌려 하버크 공작을 보았다.

하버크 공작은 완전히 포위된 상태였다.

"목숨을 포기한 건가?"

카이저의 물음에 하버크 공작은 고개를 저었다.

"나는 폐하께서 대륙을 통일하셨을 때 함께 축배를 들기로 하였다. 이렇게 죽을 것 같으냐?"

카이저는 하버크 공작의 발언을 대수롭지 않게 여겼다.

전장에서 하버크 공작처럼 스스로 죽지 않을 거라고 외치는 이들은 얼마든지 있었다.

그러나 전장에 예외란 없었다.

전생의 자신이었던 페네스 하임조차도 언제나 전쟁터에서는 긴장을 늦추지 않았을 정도로 전장은 위험했다.

"그런 말을 한 자들은 얼마든지 있었지."

자신은 결코 죽지 않는다고 외치거나 결코 죽을 수 없다고 말하는 이들.

아군이라면 분명 믿음직하겠지만 적군인 이상 그런 자들은 가급적 확실하게 처치하는 편이 좋았다.

그렇기에 페네스 하임은 보다 철저하게 그런 적들을 해치워왔다.

"하지만 전부 죽었다."

카이저의 말이 끝남과 동시에 오싹한 한기가 하버크 공작을 휘감았다.

주위는 대지가 녹아버릴 정도로 뜨거운데 한기가 느껴지는 모순적인 상황에 하버크 공작은 카이저와 자신의 차이를 여실히 느낄 수 있었다.

"오너라."

하버크 공작은 무거운 얼굴로 검을 들었다.

Chapter 02
클라우드 공작의 선택

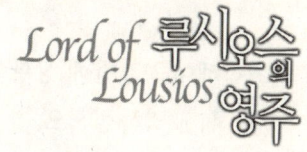

하버크 공작이 홀로 바깥에서 싸우는 동안 수도 내부로 들어온 에테르 황제는 바닥을 내려치고 있었다.

"으아아아!"

기껏 준비한 기습도 실패로 돌아가고 검술에서는 확실하게 카이저에게 패배하였다.

또한 에테르 황제 자신에게는 카이저의 그 힘에 맞설 만한 능력이 없었다.

"그때 죽였어야 했는데……."

카이저가 소드 마스터였을 때, 그때 주어졌던 기회를 붙잡았어야 했다.

고작해야 3달 만에 상황이 이렇게 변할 줄은 몰랐다.

"폐하, 고정하십시오."

클라우드 공작은 에테르 황제를 진정시키며 냉정하게 지금의 전황을 파악했다.

하버크 공작이 고립되고 안 그래도 떨어졌던 병사들의 사기가 바닥을 치기 시작했다.

지금의 상황을 어떻게든 뒤집어야만 했다.

"아직 저희가 패배한 것이 아닙니다."

클라우드 공작의 위로에 에테르 황제는 고개를 번쩍 들었다.

"그래, 그 말이 맞다."

"폐하?"

무언가 좋은 수단이라도 떠올랐는지 미소를 짓기 시작하는 에테르 황제의 모습에 클라우드 공작은 이상한 기분을 느꼈다.

"짐은 아직 패배하지 않았지. 루시오스 백작! 그놈이 가지지 못한 걸 짐은 갖고 있다."

광기가 느껴지는 에테르 황제의 말에 클라우드 공작의 표정이 굳어졌다.

에테르 황제는 가지고 있으나 카이저는 가지고 있지 못한 것이라고 한다면 클라우드 공작은 한 명을 떠올릴 수밖에 없었다.

그리고 그것은 분명 이 전쟁에서 가장 유효한 수단이었으나 동시에 가장 피하고 싶은 수단이었다.

"클라우드 공작."

"하명하십시오."

"에리카를 이 자리로 데려와라. 에리카가 있다면 루시오스 백작이나 루스웰 공작의 발을 묶어둘 수 있다."

"……."

에테르 황제가 에리카의 이름을 꺼내자 클라우드 공작은 순간적으로 정신이 아득해졌다.

황실에 충성하는 입장으로서 황녀이기도 한 그녀를 인질로 쓰겠다는 점도 마음에 걸렸지만 그보다 더 신경 쓰이는 게 있었다.

에리카는 그를 유난히 따랐던 사촌동생 데일이 목숨까지 버려가며 살려낸 존재였다.

그런 존재를 자신의 손으로 위험에 빠뜨리는 것은 사촌동생의 죽음을 개죽음으로 만드는 행위였다.

"진심으로 하시는 말씀이십니까?"

클라우드 공작의 목소리는 긴장과 당황으로 떨리고 있었다.

그리 오랜 시간 동안 싸운 것도 아닌데 목이 바싹 마르는 기분이었다.

"이곳은 위험한 곳입니다."

"그놈들도 생각이 있다면 에리카를 해하려들지는 못하겠지. 걱정할 것 없다."

"에리카 공주님의 안전을 무시하고 전쟁을 계속할 수도 있습니다."

"그렇게 되면 놈은 에리카를 완전히 잃게 된다. 절대 놈은 그런 선택을 하지 못해. 짐이 그러하듯이."

그 말을 들은 클라우드 공작은 에테르 황제가 에리카를 잃을 생각이 없다는 걸 알았다.

하긴, 그렇게 집착을 가지는 상대인데 이제 와서 포기할 리가 없었다.

에테르 황제는 확신하고 있는 것이다.

카이저가 에리카를 죽게 내버려 둘 수 없다는걸.

'하지만 이대로라면……'

클라우드 공작은 에리카를 인질로 사용했을 때 벌어질 가장 최악의 상황을 떠올렸다.

분명 그건 제국의 입장에서는 최고의 상황이나 에리카에게 있어선 최악이라고 칭할 만했다.

바로 에리카를 인질로 삼아 카이저를 죽이는 것이다.

에테르 황제가 에리카를 해칠 생각이 있든 없든 그녀가 인질로 내세워진 이상 상대는 에테르 황제의 말을 따라야만 했다.

문제는 그 다음이다.

적이나 다름없는 상대를 걱정하고 싶은 마음은 아예 없지만 에리카는 달랐다.

그녀가 과연 자신 때문에 미래를 약속한 상대가 죽는다면 그것을 견딜 수 있을 것인가?

설령 그것을 견뎌낸다고 해도 그녀가 가만히 있을 것인가?

아니었다.

절대로 아니었다.

과거 황자들이 그러했듯이 그녀는 오빠인 에테르 황제의 목을 노리게 될 것이고 그녀에게마저 그런 일을 당한다면 에테르 황제의 정신 역시 한계까지 내몰릴 것이다.

'이건 아니다.'

클라우드 공작의 마음속 깊은 곳에서부터 이 명령을 거절하라는 외침이 일어났다.

전 대륙을 피로 물들이겠다는 이 전쟁에 참가한 이유는 에테르 황제에게 속죄하기 위함이었다.

그런데 이대로라면 에테르 황제는 확실하게 망가지게 되어버릴 것이다.

자신의 황제를 위해서라도 이것만은 절대로 반대해야 했다.

그렇지만 제아무리 제국의 공작이자 그랜드 소드 마스터인 자신의 말이라고 할지라도 에테르 황제의 마음을 되돌리는 건 불가능할 것 같았다.

'어찌해야 하는 것이지?

클라우드 공작은 머리가 지끈거렸다.

"그대는 어서 황궁으로 가 에리카를 데리고 와라. 이 전장
은 짐이 맡지."

신분에 가려져 잊기 쉬운 일이지만 에리카는 오러 마스터
최상급의 경지에 오른 실력자였다.

소드 마스터라고 할지라도 그녀가 저항을 한다면 제압하
는 건 쉽지 않은 일이었다.

그렇기에 안전하게 그녀를 제압하기 위해선 에테르 황제
나 클라우드 공작 둘 중 한 명이 움직여야 했다.

"그리하겠습니다."

클라우드 공작은 간신히 답하였다.

그래도 그녀를 데리러 가는 것이라면 자신이 움직이는 게
나을 것이다.

잔뜩 흥분한 에테르 황제가 갔다가는 무슨 사단이 벌어질
지도 모른다.

"일단 하버크 공작부터 구해야겠군."

에리카를 이용한다는 방안이 나오자 에테르 황제는 머리
가 맑아지는 것을 느꼈다.

혼란스러운 전장에서도 그랜드 소드 마스터들의 충돌은
확실하게 느낄 수 있었다.

하버크 공작을 살릴 수 있는 기회는 지금뿐이었다.

　　　　　*　　　*　　　*

　카이저가 양손으로 휘두른 검에 직격당한 하버크 공작은 그 충격을 감당하지 못하고 뒤로 나가떨어졌다.

　한손과 양손은 설령 그랜드 소드 마스터의 경지에 오른 초인이라고 할지라도 명확한 근력 차이가 있었다.

　"아직 난 죽지 않았다!"

　엉망진창이 된 몸을 일으켜 세운 하버크 공작은 여전히 투지를 불태웠다.

　검을 잡고 나서 누군가에게 이렇게 처절하게 당한 기억은 거의 없는 하버크 공작이었지만 그는 이 상황이 두렵지 않았다.

　죽음이란 언제나 곁에 있는 것이기에 그는 그랜드 소드 마스터의 경지에 오를 수 있었다.

　이제 와서 죽음을 두려워한다는 건 과거의 자신에서 발전하지 못하고 퇴보하는 멍청이 같은 짓이었다.

　카이저는 그런 하버크 공작을 향해 다시금 공격을 개시했다.

　작렬하는 화염에 하버크 공작은 전신이 땀범벅이었으나 카이저는 여유로움 그 자체였다.

　꽈아앙!

화염에 태워져 어느새 크기가 줄어들고 색상이 옅어진 하버크 공작의 오러 블레이드는 카이저의 계속되는 공격을 더 이상 버티지 못했다.

크로이드 제국에서도 이름 높은 명검들 중 하나인 하버크 공작의 검은 그대로 박살 나버렸다.

'여기까지군.'

목적은 달성했으나 그래도 죽기 전 카이저에게 상처 하나 정도는 내고 싶었던 하버크 공작은 처참하게 패배하자 크게 낙심했다.

실력의 격차가 있다는 건 알았지만 이 정도일 줄은 몰랐다.

"이제 끝을 내주겠다."

카이저는 무기를 잃고 빈손이 된 하버크 공작의 앞으로 다가가 검을 높게 치켜들었다.

과거 이와 비슷한 구도에서 아델스 백작이 카이저를 죽이기 위해 몸을 내던진 적이 있었다.

물론 결론은 아델스 백작의 죽음이었다.

카이저는 이번 역시 그와 같은 결과가 나올 거라고 믿었다.

무엇보다 검이 박살 난 순간, 끝없이 전의를 불태우던 하버크 공작에게서 체념의 기색이 보였다.

"멈추어라, 루시오스 백작!"

하지만 그런 카이저의 행동을 저지하는 외침이 있었다.

소란스러운 전장의 한가운데에서 양쪽 모두 합해 10만이 넘는 대군들 모두가 들을 수 있을 우렁찬 외침이었다.

흡사 벼락이 치는 것 같은 기분이 들 정도였다.

당장에라도 하버크 공작을 죽일 수 있는 카이저였지만 이미 한 번 패배한 에테르 황제가 성벽 위에서 모습을 드러냈기 때문에 혹시나 하는 생각에 검을 내렸다.

무슨 수작을 부리더라도 검을 잃은 하버크 공작은 당장에라도 베어낼 수 있다는 확신도 있었기에 가능한 행동이었다.

"항복하는 건가?"

카이저는 별로 구미가 당기지 않았기에 무심하게 물었다.

항복.

내키지는 않지만 다른 국가, 특히 무너져 버린 그라이스 왕국의 귀족들과 다른 동부의 왕국은 그것을 간절히 바랄 것이다.

전쟁을 일으킨 상대에 대한 복수도 갈구하겠지만 전쟁에 미친 자가 아니라면 평화로운 삶을 꿈꾸길 마련이니 이 전쟁을 지긋지긋하게 여기는 이들도 상당할 것으로 생각되었다.

게다가 동부 왕국들은 존속을 위해서라도 이 전쟁을 하루 빨리 끝내는 것이 급선무였다.

복수는 항복한 크로이드 제국에게서 배상금을 뜯어내는 것으로도 어느 정도 할 수 있었다.

"항복이라고? 말도 안 되는 소리다! 이 전쟁이 끝나는 것은 짐이 대륙을 통일했을 때뿐이다."

에테르 황제의 말에 혹시나 하고 항복을 기대했던 이들의 표정이 어둡게 변했다.

특히 그라이스 왕국의 귀족인 티르 백작과 병력에 큰 손해를 본 에오스 왕국의 아틀라스 후작은 깊이 상심한 듯이 보였다.

카이저는 에테르 황제의 말을 듣고 내렸던 검을 다시 들어 올렸다.

"멈추라고 경고하였을 터다!"

에테르 황제의 분노가 담긴 외침에 카이저는 그를 싸늘하게 노려보았다.

"내가 그 말을 들어야 할 이유가 어디에 있지?"

"물론 있다. 에리카, 그 아이에게 피해가 가지 않길 바란다면 짐의 말을 거부할 수 없을 것이다."

"……."

에리카의 이름이 나오자 카이저는 화조차 나지 않았다.

에리카가 크로이드 제국으로 간 이상 이런 경우가 벌어질 것은 충분히 예상하였다.

전쟁터에서 인질을 붙잡는 경우는 그리 드문 것이 아니기 때문이다.

페네스 하임 시절에는 왕족을 인질로 잡아 전쟁을 멈추게 한 것도 종종 있는 일이었다.

그런 부분에서 보자면 로델로와 페네스 하임이 소속되어

있던 왕국의 국왕은 굉장히 똑똑한 인물이었다.

페네스 하임에게는 자유로운 왕궁의 출입을 허락했고 로델로는 왕실 마법사로 바로 곁에 두고 있었으니 아무리 대부대를 이끌고 와도 그를 생포하는 건 불가능했으니.

하지만 중요한 것은 이미 죽어서 어디에 묻혔는지도 모를 고대 왕국의 국왕이 아니었다.

그 시절에도 인질을 붙잡는 건 흔한 경우였기에 페네스 하임은 거기에 따른 대처방법도 알고 있었다.

전쟁을 진행하는 데 지장이 있을 정도로 중요한 인물이 아닐 경우 그때 내려지는 대처방법은 일단 구출시도를 해보고 여의치 않다고 판단된다면 인질을 죽이는 것이었다.

시신이 되어버린 인질은 인질로서의 가치를 상실하니 무엇보다 확실한 방법이었다.

물론 카이저에게 있어서 에리카는 그렇게 죽게 내버려 둘 수는 없는 소중한 사람이었다.

'자신에게 있어 정말로 소중한 사람이 인질로 잡혔을 때는 침착하게 행동해라.'

페네스 하임 시절에 딱히 소중한 사람이 인질로 잡혔던 적은 없었다.

하지만 그런 이들을 수도 없이 지켜본 경험이 있었다.

'에리카를 정말로 해칠 수는 없다. 인질이라는 건 죽어서는 의미가 없으니까.'

인질을 해치는 일은 분노를 키울 뿐이다.

바보가 아닌 이상 에테르 황제 역시 진짜로 에리카를 해치려고 하지는 않을 것이다.

하지만 말을 따르지 않는다면 우발적으로 행동할 수도 있고 그것이 아니라도 죽지 않는 선에서 무슨 짓을 저지를지 알 수 없었다.

"그럼 간단하지."

카이저는 고개를 들어 성벽 위를 살펴보았다.

성벽 위 어디에도 에리카의 모습이 없었다.

그렇다면 아직 에리카는 이곳에 없다는 의미였다.

'에리카를 인질로 붙잡기 전에 전부 죽인다.'

카이저는 들어 올렸던 검을 그대로 내리그었다.

하버크 공작이 이에 놀라 반응을 보이기도 전에 그의 몸을 세로로 나누는 붉은 실선이 생겨나더니 피분수가 뿜어졌다.

촤아악!

"네, 네놈!"

에테르 황제는 하버크 공작을 베어버린 카이저의 행동에 격노했지만 예상치 못한 상황에 크게 당황해 무슨 말을 해야 할지 알 수 없었다.

에리카를 인질로 잡을 수도 있다고 말했는데 그럼에도 불구하고 전혀 거리낌이 없었다.

"공작 각하."

검에 묻은 하버크 공작의 피를 털어내며 카이저는 루스웰 공작을 불렀다.

"말하게."

"에리카를 발견하면 반드시 구해 주십시오. 전 저기에 있는 애송이 황제를 잡아야겠습니다."

"그러도록 하지."

루스웰 공작의 대답을 들은 카이저는 제국군 마법사들의 집중포화가 쏟아지고 있는 성문을 향해 달리기 시작했다.

쒜애애액!

그런 카이저의 뒤를 10자루의 검이 맹렬히 따라붙었다.

루스웰 공작은 멀어지는 카이저의 모습을 잠시 보다가 뒤로 몸을 돌렸다.

*   *   *

마법진에서 뿜어져 나온 빛에 휩싸여 크로이드 제국의 황궁에 도착한 클라우드 공작은 어리둥절한 얼굴로 자신을 바라보는 귀족들의 시선을 느꼈다.

상황이 워낙 급박하기에 텔레포트 마법을 사용한다는 사실만 전하고 바로 온 것이라 그들은 아직 클라우드 공작이 모습을 드러낸 이유를 알지 못하고 있었다.

"에리카 공주님은 어디에 있는가?"

"별궁에 마련된 방에 계십니다."

한 젊은 귀족이 대답하자 클라우드 공작은 거의 달리다시피 하는 급한 발걸음으로 에리카가 있는 별궁으로 향했다.

귀족들은 그런 클라우드 공작의 행동에 의문을 가졌으나 어느 정도 연륜이 있는 귀족들은 대부분 전쟁에 참가하고 있어 이 자리에 남은 자들은 젊은 귀족이 대다수였다.

그들은 감히 클라우드 공작에게 말을 걸 생각도 하지 못했다.

별궁으로 들어선 클라우드 공작은 지체하지 않고 에리카가 지내고 있는 방으로 향했다.

"후우."

가벼운 심호흡을 한 클라우드 공작은 긴장된 얼굴로 문을 두드렸다.

"클라우드 공작입니다. 들어가도 되겠습니까?"

잠시 방 안에서 대화소리가 들리는가 싶더니 안쪽에서 문이 열리고 백금발의 소녀, 리아가 고개를 내밀었다.

"공작 각하!"

리아는 놀란 얼굴로 클라우드 공작을 보았다.

"들어가겠다."

"아, 예."

클라우드 공작은 그런 그녀의 반응에 아랑곳하지 않고 방 내부로 들어섰다.

평소라면 결코 저지르지 않을 무례한 행동이지만 지금 상황은 그만큼 위중하고 급했다.

에리카는 가벼운 옷차림을 갖춘 채 테이블 앞에 앉아 있었다.

테이블에 다과와 홍차가 놓여 있는 것으로 보아 차를 마시며 시간을 보내고 있었던 것으로 보였다.

"무슨 일인가요?"

에리카는 최대한 침착하게 물었으나 목소리에는 긴장감이 묻어나왔다.

전투가 벌어지고 있을 이때에 클라우드 공작이 전선을 이탈했다는 건 보통 문제가 아니었다.

리아 역시 뒤에서 초조한 얼굴로 클라우드 공작을 보았다.

"에리카 공주님을 모셔오라는 황제 폐하의 명령이 있었습니다."

"그 전장으로 말인가요?"

"그렇습니다."

에테르 황제가 전장으로 자신을 불렀다는 말에 에리카는 고민에 빠졌다.

"이유가 뭐죠?"

다른 곳도 아닌 전장이다.

설마 카이저에게 졌으니 깨끗이 포기하고 돌려보내주겠다거나 하는 건 아닐 것이다.

그렇게 쉽게 놓아줄 것이었다면 그런 식으로 데려오지도 않았을 테니까.

"그건 나중에 설명 드리겠습니다. 한시가 급한 상황이라……."

클라우드 공작은 바쁘다는 이유로 대답을 회피하였다.

에리카는 충분히 그 사실을 눈치챘지만 그랜드 소드 마스터인 그가 직접 왔다는 것은 말을 듣지 않을시 무력으로 따르게 하겠다는 뜻도 포함된 것이었기에 어쩔 수 없이 몸을 일으켰다.

"그럼 지금 바로 가면 되나요?"

"그렇습니다. 에리카 공주님은 내가 모실 터이니 넌 원래의 임무로 돌아가거라."

클라우드 공작은 리아가 따라나서지 않게 원래 임무로 돌아가라는 명령을 내렸다.

이에 리아는 당혹스러운 얼굴로 클라우드 공작을 보았다.

"공주님을 모시는 건 저의 역할이니 황궁을 벗어날 때까지는 따라가겠습니다."

"굳이 그럴 필요까지는……."

"소녀의 청을 거절하지 말아주십시오."

한시가 급하다면서 이런 일로 시간을 끄는 클라우드 공작의 모습은 상당히 수상하게 느껴졌다.

그러한 사실을 클라우드 공작 본인 역시 자각했는지 그는 더 이상 리아의 말을 거절하지 않았다.

"알았다. 그럼 에리카 공주님, 송구하오나 서둘러 주십시오. 전장은 험한 곳이니 가급적 편안한 복장을 입으시는 게 좋을 겁니다."

에리카는 편안한 복장이라는 부분에 클라우드 공작이 악센트를 주는 것 같다는 느낌을 받았다.

전장이 위험하다는 걸 설명하는 것이라면 편안한 복장이 아니라 제대로 만반의 준비를 갖추라고 말하는 것이 보통이었다.

그런데 클라우드 공작은 굳이 편안한 복장이라고 말하였다.

왜 하필이면 전장에서 편한 복장을 할 필요가 있는가?

에리카는 의문스러운 눈길로 클라우드 공작을 보았다.

그는 무언가를 말해주려하고 있었다.

"알겠어요. 바깥에서 기다려주세요."

하지만 그것만으로 클라우드 공작의 진의를 파악할 수 없던 에리카는 일단 클라우드 공작의 말에 따라 편한 복장을 입기로 하였다.

클라우드 공작은 일단 군말 없이 밖으로 나갔다.

그사이 리아는 일단 편한 복장이라고 생각될 만한 옷들을 준비하기 시작했다.

에리카가 입고 있는 옷들은 전부 에테르 황제가 내려준 것들인데 에리카는 온갖 사치스러운 옷들 사이에서 그나마 간소하고 활동하기 편해 보이는 원피스를 골랐다.

"됐어요. 어서 가죠."

에리카가 원피스를 갈아입고 나오기까지 걸린 시간은 그리 길지 않았다.

"따라오시지요. 길을 안내하겠습니다."

클라우드 공작은 에리카와 리아를 데리고 별궁을 나섰다.

바깥에 서 있던 드로이 백작은 클라우드 공작을 기다리고 있기라도 했는지 그가 나오자 옆으로 바짝 따라붙었다.

"무슨 일인가?"

"황제 폐하께서 제게 내리신 명령은 에리카 공주님을 지키라는 것입니다."

"에리카 공주님은 내가 모시고 갈 테니 그대는 별궁에 남아서 다른 황녀님들을 지켜드리도록."

"하지만……."

"걱정하지 말게."

드로이 백작은 미심쩍은 눈길로 클라우드 공작을 보았다.

전장까지 따라갈 것도 아니고 마법진이 있는 곳까지만 갈 생각인데 이상하게 자신을 경계하는 것 같은 모습이었다.

그렇다고 자신보다 높은 작위를 가지고 있는 클라우드 공작의 명령을 무시할 수도 없었다.

무엇보다 지금은 전시였기에 클라우드 공작의 트집 하나

로도 큰 피해를 입을 수 있었다.

"알겠습니다."

드로이 백작은 어쩔 수 없이 뒤로 물러섰다.

'수상한데?'

멀어져 가는 클라우드 공작의 뒷모습을 응시하던 드로이 백작은 문득 뒤에서 느껴지는 인기척에 몸을 돌렸다.

"아, 리아 양."

거기에는 그레고리 후작의 손녀인 리아가 서 있었다.

그러고 보니 남자인 자신들은 별궁 앞에서 경계를 서고 있지만 그녀는 바로 옆에서 에리카를 감시하는 임무를 맡고 있었다.

"드로이 부단장님. 공작 각하가 오늘따라 이상하지 않아요?"

"그렇지 않아도 이상하다고 생각하고는 있었는데 무슨 일이 있었나?"

"소녀도 잘 모르겠어요. 그럼 다음에."

리아는 간단하게 인사를 끝내고 서둘러 에리카의 뒤를 쫓았다.

드로이 백작은 그 모습을 예의주시했다.

리아는 문득 클라우드 공작이 향하고 있는 방향이 엉뚱하다는 것을 깨달았다.

전장으로 이동하려면 당연히 마법사들이 마법진을 준비해 둔 곳으로 가야 할 텐데 클라우드 공작이 에리카를 이끌고 가고 있는 방향은 황궁의 서문이었다.

"공작 각하. 길을 잘못 드신 것 같습니다."

리아가 입을 열자 앞에서 걷던 클라우드 공작이 돌연 제자리에 멈춰 섰다.

"으음. 어쩐지 이상하다고 생각했지. 급히 온다고 착각한 모양이군."

"그럴 수도 있지요. 소녀가 안내할 테니 따라오십시오."

클라우드 공작이 순순히 길을 잘못 들었다는 걸 인정하자 리아는 조금 안도한 얼굴로 발걸음을 돌렸다.

"미안하게 됐네."

그런데 돌연 클라우드 공작이 미안하다는 사과를 전했다.

그리고 채 그녀가 반응을 보이기도 전에 몸을 날려 단숨에 그녀의 뒤를 잡고 뒷목을 강하게 쳤다.

턱!

그 한방에 리아의 몸은 힘없이 허물어졌다.

"이게 무슨 일이죠?"

에리카는 그 모습을 보며 깜짝 놀란 얼굴로 물었다.

클라우드 공작은 쓰러진 리아를 붙들어 그녀를 근처에 있는 나무에 기대게 해준 뒤에 입을 열었다.

"황제 폐하께서는 에리카 공주님을 인질로 붙잡아 루시오스 백작을 죽일 계획이십니다."

"예상은 하고 있었어요. 그런데 대체 왜?"

에리카는 클라우드 공작의 행동을 이해할 수 없었다.

에테르 황제가 어떤 방법을 사용하든 클라우드 공작이 자신을 도울 이유는 어디에도 없었다.

"에리카 공주님의 목숨은 저의 사촌동생인 데일과 근위병들의 희생으로 지켜진 것입니다. 그들의 죽음을 욕보일 수는 없습니다."

"단지 그게 전부인가요?"

"물론 아닙니다. 아무리 그렇다 한들 전 황제 폐하를 따르기로 했습니다. 그런 사사로운 정에 휘둘릴 생각은 없습니다. 그럼에도 제가 이런 선택을 한 것은 이것이 황제 폐하를 위한 일이라고 믿고 있기 때문입니다."

클라우드 공작은 자신의 허리춤에 있던 검을 들어 에리카에게 넘겨주었다.

"공주님을 인질로 잡는다면 전쟁에서는 이길 수 있을지 모릅니다. 하지만 전쟁에서 이긴다고 무엇이 남습니까? 끝없는 시체의 산과 피의 강이 전부입니다. 무엇보다 그런 짓을 벌이면 황제 폐하께서는 하나뿐인 가족으로부터 버림을 받게 될 것입니다."

에리카가 에테르 황제의 목숨을 노린다면 그걸로 에테르 황제는 그렇게 믿었던 마지막 희망까지 잃게 되어버린다.

그것은 분명 육체적인 아픔을 넘어서는 고통일 것이다.

자신을 시켜서 에리카에게 실수를 저지른 근위기사의 목을 베어오라고 한 그 행동으로 보아 확실했다.

"공주님의 탈출을 도울 터이니 그 대신 한 가지만 약조해 주십시오. 결코 그분을 원망하지 않겠다고 말입니다."

에리카는 손에 잡힌 검의 무게가 생각한 것 이상으로 무겁다는 걸 깨달았다.

"물론, 원망하지 않아요. 제 하나뿐인 오라버니인걸요."

"그걸로 됐습니다."

에리카의 대답을 들은 클라우드 공작은 옅은 미소를 지었다.

"에리카 공주님께서 탈출하시면 전 폐하를 설득해 이 전쟁을 멈출 것입니다. 그러니 에리카 공주님도 루스웰 공작과 루시오스 백작을 막아주십시오."

"그건 상관없지만 저번에는 반란이 일어날지도 모르니 그럴 수 없다고 하지 않았나요? 게다가 타국에서도 가만히 있지 않을 거라고……."

"마땅히 감수해야 할 일입니다."

너무나도 낙관적인 생각이 아닌가 하는 의문이 들었으나 에리카는 고개를 끄덕였다.

그것은 클라우드 공작의 역할이었고 자신은 자신의 역할을 충실히 수행해야 했다.

'전쟁을 멈추는 거야.'

추억이라고 할 만한 것도 없지만 크로이드 제국은 그녀의 고향이며 또한 하나뿐인 친오빠가 있는 곳이었다.

그런 곳과 자신의 새로운 가족이 있는 베네시아 왕국이 더 이상 전쟁을 벌이지는 않았으면 했다.

"그럼 움직이도록 합시다."

"멈추어라!"

클라우드 공작과 에리카가 몸을 움직이기 전, 날카로운 외침이 울려 퍼졌다.

클라우드 공작은 혀를 차며 뒤를 돌아보았다.

별궁을 지키고 있을 근위기사단과 드로이 백작이 그곳에 서 있었다.

"클라우드 공작 각하, 그대가 감히 황제 폐하를 배반할 줄은 몰랐소."

"배반이라니, 입조심하도록. 난 폐하를 위해 행동할 뿐이네."

"하, 당치도 않은 소리! 그레고리 후작의 손녀인 리아 그레고리 양을 공격하고도 그런 소리가 나오나?"

드로이 백작은 더 들을 필요도 없다는 듯 검을 뽑아 들었다.

"바깥으로 나가는 모든 문을 막고 근위병과 마법사들을 집결시켜라! 클라우드 공작이 역모를 꾀하였다!"

"예!"

드로이 백작을 따라온 근위기사들 중 절반 정도가 다른 곳에 이 소식을 알리기 위해 흩어지자 클라우드 공작은 혀를 찼다.

"제 곁에서 절대 떨어지지 마십시오."

클라우드 공작은 에리카를 지키듯 앞으로 나섰다.

"저기 이 검은 클라우드 공작이 갖고 있는 게 좋지 않을까요?"

에리카는 클라우드 공작이 빈손인 것에 당황하며 조금 전 클라우드 공작이 자신에게 건네준 검을 들었으나 클라우드 공작은 고개를 저었다.

"전 저것을 쓰도록 하겠습니다."

클라우드 공작의 시선은 선두에 서 있던 한 근위기사의 검으로 향했다.

클라우드 공작이 무슨 일을 하려는 것인지 낌새를 알아차린 드로이 백작은 황급히 자신의 검을 오러 블레이드로 보호했으나 다른 근위기사들의 검은 일제히 허공으로 솟구쳤다.

처억!

클라우드 공작은 빼앗은 검들 중 한 자루를 잡아채고 나머지 이기어검들은 근위기사들을 향해 겨누었다.

에리카는 그 모습을 멍하니 바라보았다.

"이런 멍청한!"

드로이 백작은 무기를 잃고 허둥거리는 근위기사들의 모습에 한바탕 욕설이라도 내뱉고 싶은 심정이었다.

하지만 어쩌겠는가?

그랜드 소드 마스터에게 이런 종류의 기술이 있다는 걸 알아도 실제로 그랜드 소드 마스터와 싸운 경험이 없다면 대항하는 건 불가능했다.

그나마 자신의 검을 뺏기지 않은 것이 다행이었다.

"뒤처지지 않게 잘 따라오십시오."

에리카는 클라우드 공작이 자신에게 준 검을 뽑아 드는 것으로 대답을 대신했다.

그 모습을 본 클라우드 공작은 피식 웃었다.

분명 에리카를 빼돌리기로 했을 때까지만 해도 무언가 가슴이 무겁고 답답했는데 어째서인지 지금은 매우 가벼웠다.

'이런 기분을 느끼는 게 얼마만이지?'

사심 없이 자신을 친근하게 대하던 사촌동생 데일이 실종된 이후 한 번도 느끼지 못했던 편안한 기분이었다.

"그럼 가겠습니다."

* * *

"막아라!"

카이저는 정면에서 날아드는 화살들을 뚫으며 앞으로 나

아갔다.

마법사들의 집중공격도 쏟아졌으나 카이저의 전신에서 뿜어져 나오고 있는 화염의 오러 블레이드에 모두 가로막혔다.

그렇게 차근차근 전진하던 카이저는 성벽이 코앞까지 다가왔을 때 검을 있는 힘껏 휘둘렀다.

콰지지직!

크로이드 제국의 마법사들이 급조해서 만든 어설픈 방어 마법은 카이저의 일격에 큰 충격을 받았는지 그대로 부서졌다.

마법진을 준비할 시간이 부족했다고 해도 명색이 제국 최고라고 자부하던 마법사들이 만든 것인데 너무나도 어이없는 붕괴였다.

"이, 이런!"

당황한 마법사들이 부서진 마법을 다시 복구시키기도 전에 발리스타와 투석기 등의 공성병기가 성벽 위에 있던 이들을 덮쳤다.

콰아앙!

"으아악!"

활을 쏘아대던 제국군 병사는 발리스타에 몸이 꽂혀 그대로 나가떨어졌다.

바로 옆에 있던 동료가 튕겨 나가듯 사라지는 모습을 확인한 다른 병사들은 창백하게 질려 버렸다.

그나마 마법진이 있으니 어느 정도 유지되던 공성전인데 마법진이 붕괴되니 지리적인 이점을 제외하고는 아무것도 없을 수 없었다.

그 지리적인 이점들 역시 공성병기의 힘 앞에서 철저하게 무력화되었다.

"지금이다!"

연합군의 마법사들은 마법진이 부서진 틈을 노려 온갖 마법들을 쏟아냈다.

낙뢰가 떨어지고 화염이 성벽을 넘나들며 성벽 위 역시 아수라장으로 변하였다.

카이저는 바로 그 틈을 노렸다.

콰콰콰콱!

10자루의 이기어검은 일정한 간격으로 성벽에 깊숙이 꽂혀들었고 카이저는 그대로 도약했다.

타악!

첫 번째 검을 바닥 대신 발판으로 사용하고 그대로 뛰어오른 카이저는 곧장 두 번째 검을 밟았다.

고작해야 성벽에 꽂혀 있는 검을 발판으로 사용해 단숨에 성벽을 뛰어오르는 모습은 그랜드 소드 마스터의 신체능력이 얼마나 터무니없는지 잘 알려주는 것이었다.

파악!

마지막 10자루를 밟은 카이저는 그대로 성벽을 넘었다.

"저, 적이다!"

"공격하라!"

카이저가 자신들의 옆에서 불쑥 뛰어오르자 제국군은 당황하며 반사적으로 카이저를 공격했다.

카이저는 자신의 머리를 향해 내질러지는 창을 고개만 살짝 트는 것으로 피해내고 검을 휘둘러 자신을 공격하려 한 제국군 병사의 목을 베어버렸다.

좌악!

붉은 피가 튀며 목을 잃은 시신이 바닥으로 힘없이 무너짐과 동시에 카이저를 향해 덤벼들려던 제국군의 움직임이 일순간 멈추었다.

"……아?"

무언가의 강제력이 작용한 것은 아니었다.

하급 지휘관 한 명이 입에서 바람 빠지는 소리를 내며 눈앞에 펼쳐진 이해할 수 없는 상황을 빤히 응시했다.

카이저의 주위에 있던 제국군의 병사 20여 명의 목이 일제히 허공으로 솟구치고 있었다.

푸화화확!

피분수가 한가득 솟구치고 큰 충격에 패닉상태에 빠진 하급 지휘관은 그 피분수를 흠뻑 뒤집어썼다.

그리고 그는 천천히 자각했다.

눈앞에 있는 존재는 그랜드 소드 마스터.

전 대륙에 오직 6명, 아니, 이제는 5명만 남은 대륙 최고의 검사들 중 한 명이라는 것을.

쾌직!

"커억!"

그것을 자각한 순간, 그의 심장을 어디선가 날아든 검이 꿰뚫었다.

입고 있던 철제갑옷은 종이처럼 가볍게 찢겨 나가고 피부는 덧없이 갈라지며 뼈는 완전히 박살 났다.

카이저는 무심하게 쓰러지는 제국군의 하급 지휘관을 보다 고개를 돌렸다.

카이저의 신위에 제국군은 주춤거리며 물러서고 있었다.

"거기 있었군."

카이저는 제국군들은 무시한 채 한쪽에 서 있는 에테르 황제를 응시했다.

에테르 황제 역시 카이저를 주시하고 있었다.

"그래, 끝장을 보겠다는 것이구나."

에테르 황제는 애써 태평한 어조로 말했으나 카이저와 조금 전에 벌였던 승부로 에테르 황제는 상당히 지쳐 있었다.

체력보다는 마나의 소모가 특히 큰 문제였다.

'저 녀석은 마나가 얼마나 되는 거지?'

비록 자신이 마나가 태워지면서 더 많은 양을 소모했다고 할지라도 카이저 역시 분명 적지 않은 양을 소모했을 것이다.

그런데 카이저는 전혀 마나가 부족하다는 기색을 내보이지 않고 있었다.

에리카가 오게 되면 상황이 역전될지도 모르는 만큼 어떻게든 허세를 부리고 있을 가능성도 없는 건 아니었지만 에테르 황제의 감은 결코 그런 게 아니라고 말해오고 있었다.

없는 마나를 가지고 허세를 부린다고 하기에는 카이저는 너무나도 여유로웠다.

'아니, 아무리 그래도 회복을 못한 이상 짐보다 조금 많은 수준일 터, 어떻게든 소모만 시킨다면 살길이 생긴다. 게다가 클라우드 공작도 금방 도착할 테지.'

클라우드 공작이 에리카를 탈주시키려고 하고 있다는 걸 전혀 모르는 에테르 황제는 버티기로 마음먹었다.

어떻게든 시간을 끌면 자신이 이길 거라고 믿은 것이다.

"2차전을 시작하도록 하지. 루시오스 백작."

에테르 황제의 선언에 카이저는 피식 웃었다.

지금이라면 그냥 전력을 다해도 상관없을 것 같았다.

"빨리 끝내주지."

Chapter 03
돌아가는 길

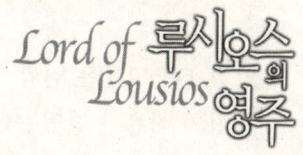

보호마법이 사라진 성문은 오러 블레이드에 닿는 순간 허무할 정도로 쉽게 무너졌다.

에오스 왕국군을 이끄는 아틀라스 후작은 은빛의 오러 블레이드를 이용해 전방에서 성문을 뚫고 기사단과 함께 수도 내부로 들어섰다.

에오스 왕국과 그라이스 왕국, 베네시아 왕국의 3왕국 연합군들은 형형색색의 다양한 문장이 새겨진 갑옷들을 입고 압도적인 전력으로 제국군을 유린하였다.

그랜드 소드 마스터를 제외한다고 할지라도 크로이드 제국은 상당한 숫자의 소드 마스터와 오러 마스터들을 보유하고 있었으나 그들은 연합군의 적수가 되지 못했다.

두 가지 이유가 있었는데 하나는 그들이 두 개의 전선을 가지고 다른 왕국을 침략하는 중이라 숫자가 반으로 쪼개진 것이었고 다른 하나는 상상을 능가하는 베네시아 왕국의 전력이었다.

콰아아앙!

수십 개의 붉은 오러 블레이드가 크로이드 제국의 오러 마스터들을 일제히 휩쓸었다.

이에 제국의 오러 마스터들은 뒤로 물러나면서 방패를 든 기사단을 앞으로 내세워 전열을 가다듬으려고 했으나 갑자기 날아든 사슬이 방패들을 후려치며 전열을 무너뜨렸다.

콰콰콰쾅!

"젠장, 저 사슬은 대체 뭐냐?"

크로이드 제국의 기사는 방패를 휘어 감는 사슬의 모습을 확인하고는 사슬을 사용하는 적을 찾아 시선을 돌렸다.

의외로 사슬을 쓰는 적을 찾아내는 건 어렵지 않았다.

하지만 찾아낸다고 해서 어떻게 할 방법은 없었다.

콰콰콰콰!

붉은 오러 블레이드가 곳곳에서 피어오르고 있었고 사슬을 사용하고 있는 자는 그런 이들의 한가운데에 있었다.

저 많은 오러 마스터를 뚫고 사슬을 쓰는 적을 죽이는 건 소드 마스터라고 할지라도 목숨을 내걸어야 했다.

당연히 일반기사나 오러 마스터들에게는 불가능한 일이었다.

"좋아, 돌격이다!"

하르트의 명령에 타로스와 코발트가 각각 할버드와 검을 들고 정면으로 내달렸고, 그 뒤를 루시오스 백작가의 가신들이 뒤따랐다.

하나하나가 오러 마스터로 이루어진 부대의 돌격에 크로이드 제국의 정예기사들은 힘없이 무너졌다.

"도대체 저 오러 마스터들은 뭐냔 말이다!"

크로이드 제국의 한 지휘관이 기가 찬 얼굴로 선두에 서 있는 하르트를 노려보며 소리쳤다.

오러 마스터들은 개개인이 지휘관의 자리를 맡을 만한 자들이었다.

그런데 그런 자들을 한 부대로 묶어서 행동하고 있었다.

문제는 그럼에도 불구하고 수도 곳곳에서 연합군의 오러 마스터가 활약하고 있다는 점이었다.

게다가 특이하게도 저 오러 마스터들은 하나같이 붉은색의 오러 블레이드를 사용하고 있었다.

호흡도 척척 맞고 같은 오러 마스터의 지휘에도 별다른 불만이 없는 게 단지 전장에서 지휘체계를 편하게 하기 위해 만들어진 부대가 아니라 기존부터 함께 싸워온 자들이 분명했다.

"이곳은 크로이드 제국의 오러 마스터, 도란이 목숨을 걸고 막아내겠다!"

"저런 모자란 멍청이 같으니!"

대검을 사용하는 한 오러 마스터가 객기를 부리며 앞으로 나서자 지휘관은 욕설을 내뱉었다.

오러 마스터 최상급.

적들은 아무리 보아도 오러 마스터 최상급이나 그에 근접한 실력자였다.

아무렇지도 않게 오러 블레이드를 휘고 늘리는 모습을 보면 알 수 있었다.

그런 적들을 단신으로 막아서는 건 그냥 죽여 달라는 소리였다.

"호오, 나랑 같은 타입이군!"

하르트는 도란이라는 이름의 오러 마스터를 향해 호승심을 피워 올리며 달려들었다.

문제는 하르트만이 아니라 루시오스 백작가의 오러 마스터들 전원이 그쪽으로 표적을 정하고 일제히 내달렸다는 것이었다.

한둘도 아니고 갑자기 오러 마스터들이 우르르 몰려오자 도란의 표정이 굳어졌다.

그가 원한 건 한 명이 당당하게 결투를 신청하는 상황이었으나 적들은 합공을 하는 것에 망설임이 없었다.

아니, 오히려 합공만 고집하고 있었다.

콰아앙!

"크아악!"

수십 개의 오러 블레이드가 동시에 날아들자 도란은 채 몇 개 막지도 못하고 바닥을 나뒹굴었다.

이미 합공으로 소드 마스터까지 죽여 본 경험이 있는 루시오스 백작가의 가신들은 다수의 오러 마스터가 덤벼도 어렵지 않게 해치웠다.

"강하군."

아틀라스 후작은 그 광경을 보며 만약 에오스 왕국이 베네시아 왕국과 전쟁을 벌이면 어떻게 될지 상상해 보고 몸을 부르르 떨었다.

저렇게 단합이 잘되는 오러 마스터들이 일제히 공격을 가한다면 소드 마스터라도 어떻게 할 수 없었다.

게다가 병과 역시 상당히 다양했다.

보통 형태의 검은 물론이고 할버드와 대검, 사슬을 쓰는 자까지 있었다.

특히 사슬을 사용하는 자는 터무니없을 정도로 사슬을 다루는 솜씨가 좋았는데 손가락 사이에 하나씩 양손으로 8개의 사슬을 화려하게 다루고 있었다.

무기를 8개나 다루고 있으니 같은 오러 마스터는 상대조차 되지 못했다.

"제이스! 너 아직 오러 마스터는 한 명도 못 죽였어!"

"시끄러워요!"

게다가 간간이 옆에 있는 다른 기사와 잡담을 주고받는 여유로운 모습까지 보였다.

아틀라스 후작은 그랜드 소드 마스터가 없다고 해도 베네시아 왕국의 전력이 결코 약하지 않다는 걸 느꼈다.

반란을 일으키고 기존의 국왕을 귀족들이 갈아치웠다고 해서 국력이 많이 약해지지 않았을까 했는데 저 정도라면 카이저나 루스웰 공작이 없다고 해도 어느 왕국도 쉬이 넘볼 수 없었다.

"이걸로 28명째!"

또한 소드 마스터들의 활약도 두드려졌다.

네테스 후작과 루턴 후작.

1차 지원군치고는 참으로 파격적인 전력이었다.

'병사가 3만이라는 점만 빼면 왕국 하나나 둘 정도는 가볍게 이기겠군.'

에테르 황제는 참으로 큰 실수를 저질렀다.

그가 가만히만 있었더라면 동부를 완전히 제압하고 지배할 때까지 베네시아 왕국과 맞설 일은 없었을 것이다.

'하지만 저건 너무나도 위험하다.'

아틀라스 후작은 경계 어린 눈빛으로 베네시아 왕국의 기사들을 보았다.

2명의 그랜드 소드 마스터를 보유하고 있던 건 크로이드 제국뿐인데 현재 베네시아 왕국은 그 크로이드 제국과 비교해 결코 밀리지 않았다.

　오히려 크로이드 제국의 9서클 마법사인 그레고리 후작과 그랜드 소드 마스터인 하버크 공작을 죽이고 에테르 황제를 한 번 패퇴시킨 카이저의 존재를 고려한다면 크로이드 제국을 능가한다고 말할 수 있을 정도였다.

　'크로이드 제국이 동부를 얻으면 대륙의 균형이 위험하다고 여겼으나 그 반대로군.'

　이대로라면 크로이드 제국을 무너뜨려도 어려운 상황이었다.

　그나마 대륙에서 베네시아 왕국을 견제할 수 있을 정도의 힘을 지닌 유일한 국가가 크로이드 제국인데 이 전쟁으로 그들이 멸망하면 베네시아 왕국을 막을 길이 없어지는 것이다.

　'크로이드 제국이 무너지는 것이 더 위험하다.'

　이쯤에서 물러난다고 해도 크로이드 제국은 너무나도 큰 손실을 입어 사실상 대륙정복은 불가능했다.

　그러나 이대로 계속 크로이드 제국을 공격해 멸망시킨다면 동부는 황폐화되어 당분간 제 구실을 못할 것이고 그럼 중부에서는 베네시아 왕국을 막을 방도가 없었다.

　중부의 3개 왕국이 연합해봤자 베네시아 왕국의 적수는 못될 것이다.

아틀라스 후작은 에오스 왕국에 이 사실을 알려 전쟁을 적당한 선에서 멈춰야겠다고 마음먹었다.

그러던 와중 갑자기 환한 빛이 성벽 위에서 터져 나왔다.

화아악!

두 개의 붉은빛이 서로 대치하는 가 싶더니 한쪽이 일방적으로 밀려났다.

조금 더 자세한 광경을 보기 위해 집중하자 에테르 황제를 몰아붙이고 있는 카이저의 모습이 보였다.

'막아야 하나?'

처음에는 에테르 황제를 무찌르고 전쟁을 끝낼 생각이었으나 이대로 에테르 황제가 죽는다면 그때는 베네시아 왕국이 대륙 최강국이 될 것이었다.

그 뒤 마치 에테르 황제가 그랬던 것처럼 대륙통일을 목표로 병력을 일으킨다면 중부 왕국들 입장에서는 답이 없었다.

그들이 얻을 수 있는 이점은 오직 하나, 3개 왕국인 만큼 베네시아 왕국의 전선을 3개로 늘릴 수 있다는 것뿐이었다.

타악!

아틀라스 후작이 몇 명의 오러 마스터들과 함께 시가전을 관두고 성벽으로 움직이자 네테스 후작과 루턴 후작이 그런 아틀라스 후작의 뒷모습을 주시했다.

"황제를 잡으러 가는 건가?"

"그런 것치고는 무언가 조급해 보이는군."

루턴 후작은 아틀라스 후작의 생각을 추측해 보았다.

어쩌면 카이저의 존재에 큰 위협을 느끼고 있을지도 몰랐다.

그라이스 왕국에서는 이미 국왕마저 죽은 상황이니 무조건 전쟁을 이길 생각만 하고 있겠지만 에오스 왕국은 이 전쟁의 승패보다 그로인해 발생할 이후 대륙 간의 세력변화가 더 신경 쓰일 것이다.

서로 비슷하다고 여겼던 각 왕국 간의 균형이 이미 루스웰 공작의 존재로 휘청거리는데 그것을 완전히 무너뜨릴 카이저의 존재는 확실히 너무 위험했다.

결정적으로 카이저는 젊었다.

아직 고작 10대니 검사의 전성기라고 할 수 있는 30대가 되었을 때는 얼마나 강해져 있을지 감도 잡히지 않았다.

먼 과거, 페네스 하임이라는 자가 올랐다는 그랜드 소드 마스터 위의 경지에 도달하는 것은 물론이고 그를 뛰어넘어버릴지도 모른다.

그렇게 되면 과연 누가 막을 수 있을지 의문이었다.

"아무래도 나도 가봐야겠네."

루턴 후작은 혹시나 하는 마음에 카이저와 에테르 황제가 싸우고 있는 성벽을 향해 움직이기 시작했다.

*   *   *

콰지지직!

카이저와 에테르 황제의 격돌을 견디지 못한 성벽 전체에 거대한 금이 새겨졌다.

붉은 오러 블레이드가 연신 번쩍이며 에테르 황제와 카이저가 걸음을 옮길 때마다 성벽에 새겨진 금이 더욱 크게 번져 갔다.

쐐애애액!

서로 코앞에서 싸우던 둘이 잠깐 떨어지는 순간, 서로를 향해 이기어검들이 날아들었다.

그것을 피하기 위해 사각이라고 할 수 있는 상대의 앞으로 이동하고 다시 또 떨어지는 걸 반복하며 싸움은 계속해서 이어졌다.

꽈아아앙!

"하아. 도대체 그 오러 블레이드는 어떻게 된 것이냐?"

에테르 황제는 거칠어진 호흡을 가다듬으며 자신의 오러 블레이드를 계속해서 태워 버리는 카이저의 오러 블레이드를 보았다.

딱히 검술에서 밀린다는 기분은 들지 않았으나 저 오러 블레이드 때문에 도저히 승기를 잡을 수 없었다.

오히려 계속해서 뒤로 밀리고 있었다.

"어떻게 이런 말도 안 되는 힘을 갖고 있는 거지? 페네스 하임의 마나 연공법이나 검술에도 그런 힘은 없었는데……."

에테르 황제는 도저히 카이저의 오러 블레이드를 이해할 수 없었다.

무슨 원리로 작동하여 마나를 불태우고 그것으로 강한 화력을 뿜어내는가?

물론 마법이라고 생각한다면 그리 어려운 게 아니었다.

마나라는 연료를 사용해서 그저 타오를 뿐이다.

그러나 저건 마법이 아닌 검의 영역이었다.

그렇기에 마법이라면 아무렇지도 않게 받아들였을 힘이 검술로서 나타나자 터무니없는 무기가 되어버렸다.

"유감이지만 한가하게 대화나 주고받을 때가 아니라서."

카이저는 에테르 황제의 물음에 답하는 대신 다시 검을 휘둘렀다.

시간이 상당히 지체되어 버렸다.

연합군이 성문을 뚫고 수도로 들어와 시가전을 벌이고 있었지만 아직까지 에리카를 확보했다는 연락은 없었다.

에리카를 되찾지 못한다면 그전에 에테르 황제의 숨통을 확실히 끊어야 했다.

'제길! 뭐하느라 아직까지 오지 않는 거지?'

에테르 황제는 카이저의 공격을 막아내며 이상할 정도로 늦어지는 클라우드 공작을 욕했다.

도보로 걸어서 간 것도 아니고 텔레포트 마법을 통해 이동한 것인데 아직까지 모습을 보이지 않았다.

화아악!

그런데 돌연 수도의 한쪽에서 환한 빛무리가 터져 나왔다.

카이저와 에테르 황제 모두 그 빛이 의미하는 것이 무엇인지 알아차렸다.

'텔레포트 마법!'

지금 그라이스 왕국의 수도에서 텔레포트 마법을 사용할 수 있는 건 크로이드 제국군뿐이었다.

그렇다면 당연히 지금 나타난 이들 역시 적이었다.

카이저는 모습을 보이지 않는 클라우드 공작이 에리카는 물론 다수의 지원군을 이끌고 왔다고 생각했다.

그리고 그런 생각은 에테르 황제 역시 별반 다르지 않았다.

'많이 늦었군. 지원군을 데리고 온 건가?'

겨우 2명이 온 것치고는 빛무리가 지나칠 정도로 화려했다.

저 정도라면 못해도 수백, 수천 명이 이동해 왔을 것이다.

하지만 그런 카이저와 에테르 황제의 생각은 지원군이 온 것만 겨우 맞추는 데 성공하였다.

"폐하!"

오러 마스터로 추정되는 기사 하나가 카이저에게 오러 블레이드를 날리며 에테르 황제와의 전투에 끼어들었다.

오러 마스터라고 한들 쉽게 끼어들 정도로 가벼운 전투는 아니었던 터라 그는 곧장 카이저의 반격에 목숨을 위협받았다.

"무슨 일이냐!"

에테르 황제는 어쩔 수 없이 직접 그를 도왔다.

이 싸움에 끼어든 것은 분명 전달해야 할 중요한 소식이 있기 때문일 것이다.

"황궁에 대기 중이던 병력이 도착했습니다."

"그럼 클라우드 공작도 왔겠군?"

에테르 황제는 회심의 미소를 지었다.

조금 아슬아슬하지만 이 정도라면 충분히 이겼다고 말할 수 있었다.

"그, 그게 조금 전 클라우드 공작이 에리카 공주님을 데리고 황궁에서 탈주했습니다!"

기사의 대답에 에테르 황제는 멍한 표정을 지었다.

표정을 구기고 있던 카이저도 에테르 황제와 별반 다르지 않은 반응을 보였다.

클라우드 공작이 왜 갑자기 에리카를 데리고 도망친단 말인가?

"그게 무슨 말도 안 되는 소리냐!"

"사실입니다! 클라우드 공작은 배신자이옵니다!"

"그럴 리가 없다! 어찌 클라우드 공작이……."

"이유는 모르겠지만……."

카이저가 입을 열자 에테르 황제는 몸을 흠칫했다.

차라리 오지 않는 게 좋았을 것이다.

이 멍청한 기사는 클라우드 공작의 배반사실을 보고함과 동시에 에리카의 안전을 확인시켜 주고 말았다.

"에리카가 이 자리에 올 수 없단 소리군."

더 이상 거리낄 것이 없어진 카이저는 단숨에 거리를 좁히고 들어왔다.

에테르 황제는 쓸모없어진 기사를 보호하지 않고 방패로 내세워 뒤로 물러났다.

촤아악!

"크악!"

보고를 올렸던 기사는 에테르 황제의 보호가 사라지자마자 목숨을 잃었다.

"하지만 지원군은 많이 곤란하지."

크로이드 제국군과 왕국 연합군의 병력 차이는 그리 대단하지 않았다.

그런 상황에서 지원군이 도착했다면 시가전을 벌이고 있는 지금, 연합군의 피해가 기하급수적으로 늘어날 것이다.

'승부를 봐야겠어.'

무슨 이유로 클라우드 공작이 배신을 했는지는 알 수 없었지만 나쁠 것은 없었다.

사아아악.

제자리에 멈춰 선 카이저의 주위 대기가 카이저의 마나로 붉게 침식되기 시작했다.

에테르 황제는 직감적으로 저 현상이 위험하다고 느꼈다.

'도망쳐야 한다.'

에테르 황제는 재빨리 뒤로 몸을 빼내려고 했다.

하지만 돌연 눈앞에 붉은 궤적이 나타나 그의 몸을 관통했다.

'뭣?'

에테르 황제는 혹시 자신이 베인 건가 생각했지만 아무런 통증도 느껴지지 않았다.

이 붉은 궤적은 적어도 물리적인 어떠한 힘을 가지고 있는 것은 아닌 것 같았다.

그러나 붉은 궤적의 끝을 따라가던 에테르 황제는 그것이 카이저의 검끝과 붙은 걸 보고 안색이 창백하게 변했다.

어떠한 형태의 기술인지 그것만으로도 충분히 짐작이 가능했다.

스팟!

카이저의 팔에 들린 검은 정해진 붉은 궤적을 따라 무시무시한 속도로 휘둘러졌다.

*　　　*　　　*

크로이드 제국의 수도를 내달리고 있는 한 쌍의 남녀가 있었다.

뒤에서 추격해 오는 근위병들을 피해 그들은 가까운 골목으로 몸을 숨겼다.

"찾아라! 놓쳐서는 안 된다!"

"반드시 찾아내라!"

힐끔 골목 바깥을 살피던 남성은 곧 수백 명에 달하는 근위병들을 확인하고 다시 안으로 몸을 숨겼다.

"아무래도 수도를 빠져나가긴 힘들 것 같습니다."

남성, 클라우드 공작의 말에 에리카는 동의하는 뜻으로 미약하게 고개를 끄덕였다.

어찌어찌 황궁에서 탈출하는 것은 성공했으나 거기까지였다.

클라우드 공작과 에리카는 단숨에 수배되어 수도를 채 빠져나가기도 전 크로이드 제국의 수도는 모든 문이 차단되고 곳곳에 근위기사단과 근위병들이 배치되었다.

또한 수도를 지키고 있는 수비대 역시 병력을 풀어 그들을 찾고 있었다.

아마 이대로라면 들키는 건 시간문제일 것이다.

"일단 어디에 숨는 게 좋지 않을까요?"

에리카의 말에 클라우드 공작은 생각에 잠겼다.

지금쯤이면 마법사들이 직접 나서서 자신들의 뒤를 쫓고

있을 터, 흔적이 파악되는 건 금방이었다.

바깥을 돌아다니면 필시 잡히고 말 것이다.

그러나 어딘가로 들어간다고 할지라도 상황은 크게 나아질 것 같지 않았다.

오히려 퇴로가 막히는 상황이 벌어질 가능성도 있었다.

"그것도 쉬울 것 같지는 않습니다. 그리고 에리카 공주님의 외모는 상당히 인상적이라 금방 발견될 겁니다."

조금 평범하게 생겼다면 좋을 텐데 에리카의 피처럼 붉은 눈동자와 머리칼은 아마 보통 사람이라면 몇 주간은 잊기 어려울 것이다.

그렇다면 사람이 아예 없는 건물 같은 곳으로 숨어야 하는데 클라우드 공작은 그런 곳이 어디인지 모를뿐더러 설령 그런 곳이 있다고 해도 우선적으로 수색을 할 거라고 생각되었다.

"그럼 어떻게 하죠?"

에리카의 물음에 클라우드 공작은 쉽사리 해답을 내놓지 못했다.

사실 제대로 실력을 발휘한다면 에리카 하나를 데리고 수도를 탈출하는 건 그리 어려운 일이 아니었다.

그러나 남들이 뭐라고 떠들든 클라우드 공작은 자신의 행동이 에테르 황제를 위한 것이라고 믿고 있었다.

그런 그가 자국의 기사들과 병사들을 마구잡이로 해치울

수는 없는 노릇이다.

실제로 조금 전 그의 앞을 가로막았던 근위기사들과 드로이 백작은 자신들을 추격하지 못할 정도의 상처만 입혀두었다.

생명에는 지장이 없으니 금방 회복할 것이다.

"아, 그러고 보니 여기에도 마탑이 있지 않나요?"

"마탑 말씀이십니까? 분명 이 수도에도 두 곳 정도 있습니다만……."

클라우드 공작은 의문을 담아 에리카를 보았다.

마탑이 절대중립이라고 알려져 있기는 하지만 황제를 배반했다고 알려진 자신을 눈감아줄 것이라고 생각하기는 어려웠다.

만약 그런 일이 벌어진다면 마탑 역시 반역도로 몰려 피해를 입을 가능성이 크기 때문이다.

"그럼 그 두 곳 중에 이번 전쟁에 반대하거나 혹은 참가하지 않은 마탑이 있나요?"

"예. 있습니다. 하지만 그들이 저희를 받아줄 것이라고는……."

"일단 시도는 해봐야죠. 그러니 클라우드 공작께서도 협조해 주세요."

"협조라니, 무엇을 말입니까?"

　　　　　*　　　　*　　　　*

　크로이드 제국 수도에 위치한 황혼의 마탑 최상층.

　마탑 소속의 마법사들 중에서도 상위 마법사로 대우받는 이들만이 출입할 수 있는 그곳은 한층 전부가 마탑의 주인을 위해 마련된 방이었다.

　"흐음."

　홀로 최상층에서 집무를 보던 황혼의 마탑의 마탑주 시몬은 문득 바깥이 소란스러워졌음을 느꼈다.

　바로 아래층에서 벌어지는 소란은 최상층까지 들려오기 때문에 걸음걸이조차 조심하도록 했는데 지금 아래층에서 요란한 발소리와 함께 당혹스러운 목소리가 들려왔다.

　"이놈들이 도대체 뭘 하고 있는 거야?"

　시몬은 인상을 와락 찌푸렸다.

　그는 마법사들 사이에서도 성격이 고약하기로 유명한 노인이었다.

　무성한 백발에 쭈글쭈글한 피부에는 검버섯이 피어나 성격만이 아니라 인상 역시 상당히 더러웠다.

　막 마탑에 들어온 신입 마법사들은 시몬의 얼굴을 보는 것만으로 얼어붙을 정도였다.

　그런데 뭘 잘못 먹었는지 그 고약한 성격을 옆에서 계속 지켜봤을 상위 마법사들이 이렇게 소란을 피우는 것이다.

"마, 마스터!"

요란한 발걸음이 점점 다가오더니 아래층과 연결된 계단에서 불쑥 마법사 하나가 모습을 드러냈다.

"야 이놈아! 이게 무슨 소란이냐? 내가 바로 아래층에선 누구이 조용히 하라고 몇 번이나 말하지 않았느냐! 내 말이 우습게 들리기라도 한 거냐? 이 바보천치 같은 놈!"

시몬의 호통에 마법사는 반사적으로 몸을 움츠렸으나 고개를 돌리지 않고 시몬을 정면으로 바라보았다.

그러자 도리어 시몬이 당황하며 그 마법사를 보았다.

"뭐, 뭐냐?"

평소에는 이 정도로 소리치면 설설 기던 녀석이 갑자기 자신을 정면으로 바라보자 시몬은 저도 모르게 긴장했다.

요즘 들어 마탑 내에서 자신에 대한 불만이 많이 나오고 있는 상황인데 혹시 그 빌어먹을 놈들과 한패일지도 모른다는 생각이 불쑥 들었다.

"지금 아래에 스스로를 클라우드 공작이라고 주장하는 사람이 왔습니다."

"뭐라고?"

클라우드 공작이라는 이름을 들은 시몬은 황당한 얼굴로 그 마법사를 보았다.

지금이 어떤 시기이던가?

새로 부임한 에테르인지 에케르인지 모를 황제가 대륙을

통일하겠다며 내전이 막 끝난 제국을 다시 전쟁으로 밀어넣은 상황이었다.

그런 시기에 그랜드 소드 마스터라고 알려진 클라우드 공작이 이곳을 방문할 리가 없었다.

그레고리 후작에게 밀려나기 전까지는 황궁에서 마법사들을 가르치던 시몬이었기에 확신할 수 있었다.

"보나마나 가짜겠지! 정식으로 공문이 온 것도 아닌데 그렇게 불쑥 방문할 이유가 어디 있단 말이냐?"

"아니, 틀림없이 진짜입니다. 아시잖습니까? 저도 황궁에서 클라우드 공작을 본 적이 있습니다."

마법사의 말에 시몬은 고개를 갸웃거렸다.

듣고 보니 이 녀석도 분명히 자신을 따라 황궁을 들락날락한 경험이 있었다.

인사는 기본적으로 했을 것이고 몇 마디뿐이겠지만 대화도 해봤을 것이다.

어렸을 때부터 머리 하나는 기가 막히게 좋았던 녀석인 만큼 착각했을 리도 없었다.

"정말이냐?"

"예. 그런데 상황이 좋지 않습니다."

"상황? 무슨 상황?"

"사실 조금 전 수배령이 떨어졌습니다. 클라우드 공작이 에테르 황제의 여동생인 에리카 공주를 데리고 도주 중이라고 합니다."

"수배? 아니, 그보다 그 충성으로 똘똘 뭉친 미친놈이 황제를 배신했다는 소리냐?"

시몬은 자신의 귀에 문제가 생겼다고 생각했다.

그가 직접 만나본 클라우드 공작은 에테르 황제가 아니라 황실에 충성하는 자이기는 하지만 그래도 꽤나 충직한 자였다.

에테르 황제의 명령이라면 아마 자결 정도는 충분히 할 수 있을 것이다.

그런데 갑자기 수배라니?

더구나 지금은 전쟁 중인 시기였다.

클라우드 공작이 이 수도에 남아 있는 건 앞뒤가 맞지 않는 이야기였다.

"그럴 리가 없잖느냐! 하버크란 놈도 그렇고 클라우드란 놈도 그렇고, 기사란 것들은 하나같이 충성 하나밖에 모르는 미친놈들인데 배신이라니? 그럴 거라면 처음부터 전쟁에 참가하지도 않았겠지."

시몬은 그렇게 말하면서도 자신이 직접 나서서 상황을 확인해봐야 할 필요성을 느껴 걸음을 옮겼다.

사안이 보통 심각한 것이 아니었다.

정말로 클라우드 공작이라면 이 마탑을 방문한 이유가 무엇인지 알고 거기에 따른 대처를 해야 했다.

수배자를 숨겨줬다가는 그 괴물 같은 에테르 황제의 심판을 피하기 어려웠다.

"가짜 놈이기만 해봐라, 다리몽둥이를 부러뜨려 주겠다."

시몬은 투덜거리며 아래로 내려갔다.

이미 소식을 전부 전해 들었는지 시몬이 내려가는 길에 있던 마법사들 역시 시몬의 뒤를 따랐다.

이게 어중간한 일이었으면 가서 일이나 하라고 윽박질렀겠지만 상대가 그랜드 소드 마스터인 클라우드 공작일지도 모른다는 생각에 시몬은 그들을 말리지 않았다.

그랜드 소드 마스터를 정면에서 대하려면 이 정도 숫자는 데리고 있어야 했다.

'창공의 마탑이란 놈들이 부럽군.'

대륙 각지에 위치한 마탑들이 한곳에 모여 서로의 연구결과를 발표하는 장소에서 창공의 마탑은 다른 마탑과는 비교도 불가능한 압도적인 성과를 내보였었다.

들리는 소문과 자신이 직접 확인한 성과들로 보았을 때 틀림없이 대륙의 암흑기 이전에 만들어진 서책들을 대량으로 손에 넣은 게 분명했다.

'7서클 마스터 정도만 되어도 주눅 들지는 않을 텐데.'

황혼의 마탑의 마스터인 시몬은 유감스럽게도 7서클 유저에 불과했다.

7서클의 경지에 막 발을 디딘 것이다.

문제는 이 경지에 머물고 있는 게 벌써 5년째라는 사실이다.

새로 공부할 만한 마법서나 탐구할 만한 책이 없으니 경지의 발전도 이루어지지 못하고 있었다.

오죽하면 7서클 마법사임에도 불구하고 그가 알고 있는 마법은 6서클까지가 전부였다.

7서클 마법은 그저 소문으로 들은 것들을 대충 조합해 조잡하게 사용하는데 위력으로 봤을 때 제대로 된 마법이라고 보기는 어려웠다.

'그레고리 놈이 죽었다는데 폐하께 한 번 부탁드려 볼까?'

대륙의 암흑기 이전 마법서에 대해 생각하던 시몬은 곧 그레고리 후작의 얼굴을 떠올렸다.

창공의 마탑보다 더 부러운 게 바로 그레고리 후작이었다.

도대체 어디서 무슨 수로 그런 책들을 구했는지는 모르겠지만 8서클 마스터를 넘어 전설에 가까운 9서클까지 도달했다.

연합군의 웬 젊은 검사에게 죽었다는 이야기가 있었지만 그런 건 관심 밖이었다.

'9서클 마법은 어떤 것일까?'

시몬은 9서클이라는 단어에 매료되었다.

대륙의 모든 마법사가 전설로만 생각하던 그 경지가 증명되었다.

들리는 소문에 따르면 그라이스 왕국의 수도를 마법 한방으로 통째로 날렸다고 하니 가히 천지를 뒤바꿀 힘이라고 표현할 수 있었다.

'뭐, 나에게는 먼 이야기지.'

1층까지 내려온 시몬은 마법사들이 둥글게 둘러싸고 있는 한 쌍의 남녀를 볼 수 있었다.

"자신이 클라우드 공작이라고 거짓부렁을 늘어놓은 자식이 누구냐!"

"나다. 오랜만이군, 시몬 전 황실 마법사단장."

"으잉?"

시몬은 익숙한 목소리와 말투에 당황하며 상대의 얼굴을 보았다.

틀림없이 그 상대는 클라우드 공작이었다.

"뭐, 뭐냐? 진짜냐?"

"그럼 가짜로 보이는가?"

클라우드 공작이 되묻자 시몬은 고개를 저었다.

이 말투는 틀림없이 클라우드 공작이었다.

자신과 사사건건 대립하며 결코 공적인 자리에서도 서로를 인정하지 않았기에 그들은 서로에게 하대했었다.

"진짜군. 그런데 이게 무슨 일이냐? 새로 황제가 된 놈 꽁무니나 쫓던 녀석이 갑자기 쫓기는 신세가 되고 말이다."

"자세한 건 안에서 설명하겠다."

"……."

클라우드 공작이 안으로 들어서려고 하자 시몬은 눈을 굴려 클라우드 공작의 뒤에 있는 여인을 보았다.

에테르 황제의 여동생이라는 말이 거짓은 아닌지 절대 잊을 수 없는 인상적인 핏빛의 머리색과 눈동자를 지니고 있었다.

"좋아, 들어와라. 누가 가서 차라도 가져와!"

시몬이 클라우드 공작을 안으로 들이려고 하자 한 마법사가 기겁하며 소리쳤다.

"마스터! 상대는 수배자들입니다. 안으로 들이면 큰 문제가 벌어질지도 모릅니다!"

"시끄럽다! 그럼 나보고 손님이 왔는데 내쫓으란 거냐? 이 버러지 같은 놈들이 시키면 시키는 대로 잠자코 따를 것이지! 네놈은 조금 있다가 내 방으로 와라!"

"아, 아니 그런 것이 아니고……."

시몬이 이글거리는 눈빛으로 자신을 노려보자 그는 바로 꼬리를 내렸다.

에리카는 그 모습을 묘한 시선으로 바라보았다.

이것 역시 말하자면 에테르 황제와 같은 공포정치였다.

하지만 완전히 똑같다고 하기에는 반응이 조금 달랐다.

두려움에 떨며 눈치만 살피던 귀족들에 비해 마법사들은 마치 또 시작이라는 듯 대놓고 한숨을 내쉬었다.

그리고 시몬은 그것을 가지고 또 노발대발하고 마법사들은 다시 변명을 늘어놓는다.

루시오스 백작가가 남작가였던 시절 총기사단장으로 있었을 때 많이 보던 풍경이었다.

"자, 이쪽이다."

최상층에 도착하자 시몬은 서로 마주보는 방향으로 놓여 있는 소파의 한쪽에 자리를 잡았다.

클라우드 공작과 에리카는 그 맞은편에 앉았다.

"말해봐라, 용건이 뭐냐?"

"도움을 조금 받았으면 한다."

"도움?"

클라우드 공작이 도와달라고 말하자 시몬의 표정이 기이하게 변했다.

바보가 아니라면 이런 상황에서 마탑이 협조를 해줄 이유는 어디에도 없다는 걸 알 것이다.

그리고 클라우드 공작은 적어도 그 바보는 아니었다.

"내가 그렇게 해줘야 할 이유라도 있다면 모를까 그게 아니라면 왜 그런 위험한 짓을 해야 하지?"

"그 이유가 있기 때문이다."

"호오. 그건 흥미롭군. 그게 뭐냐?"

시몬은 다시 슬쩍 에리카를 흘겨보았다.

분명 클라우드 공작이 이렇게 나온 것은 그녀와 관련된 일일 것이다.

"세 가지 이유가 있다."

"세 가지나? 생각보다 많군."

클라우드 공작이 세 가지란 말을 꺼내자 시몬은 눈을 번뜩였다.

성격이 어떻든 그는 7서클 유저의 마법사로 한 마탑을 이끄는 수장이었다.

언변이나 두뇌싸움에서는 결코 패배하지 않을 자신이 있었다.

"첫째, 이 전쟁을 끝낼 수 있다."

"……!"

처음부터 엄청 큰 이유가 튀어나오자 시몬은 상체를 앞으로 숙였다.

보통 이유를 댈 때는 가장 중요한 핵심적인 이유를 뒤에 말하게 마련이다.

그런데 클라우드 공작은 제일 먼저 전쟁을 끝낼 수 있다는 엄청난 이유를 처음에 말했다.

자신을 그만큼 흔들기 위해서일 가능성도 있지만 아무리 그래도 뒤의 이유들이 처음 말한 것에 미치지 못한다면 제대로 성과를 보기는 어려웠다.

즉, 다른 두 이유는 이것과 대등하거나 그 이상으로 중요한 것이라는 소리였다.

"설명해 봐라."

"현재 제국은 당초 예상과는 다르게 큰 피해를 입고 전쟁에서 패퇴하고 있다. 이 상태로는 전쟁을 계속해 봤자 대륙통일은 불가능하지. 특히 가장 큰 이유는……."

"베네시아 왕국 때문이군."

시몬은 클라우드 공작이 말하고자 하는 바가 무엇인지 바로 알아차렸다.

베네시아 왕국이 이 전쟁에 가담한 것으로 크로이드 제국은 휘청거리고 있었다.

중부의 다른 세 왕국들이야 별 볼일 없었지만 그랜드 소드 마스터를 보유하고 있고 그레고리 후작까지 죽인 베네시아 왕국의 전력은 크로이드 제국에게 있어 크나큰 위협이었다.

"그럼 이 공주님을 베네시아 왕국으로 보내면 전쟁이 멈춘다는 거냐? 그것까지는 납득하기 어려운데?"

"그레고리 후작을 죽인 건 루시오스 백작이라는 자다. 그는 에리카 공주님과 장래를 약속한 사이지. 그리고 다른 그랜드 소드 마스터인 루스웰 공작은 에리카 공주님을 양녀로 들인 양아버지다. 그 둘만 설득할 수 있다면 베네시아 왕국 전체를 설득하는 것과 같은 효과를 얻을 수 있다."

"그렇겠군. 설득이 가능하다는 전제가 필요하지만 그것만 해낸다면 베네시아 왕국의 군대는 자연스럽게 물러날 것이고 그럼 다른 왕국들도 전쟁을 지속하기는 어렵지."

어쨌든 크로이드 제국은 그랜드 소드 마스터를 보유하고 있는 국가이다.

동부 왕국들은 이미 너무 큰 피해를 입어 보복보다는 복구가 시급하고 종부 왕국들은 원정을 해야 하는 입장이기에 크로이드 제국을 상대하면 오히려 손해였다.

"그럼 두 번째는 뭐냐?"

"두 번째 이유는 그레고리 후작이 가지고 있던 9서클 마법서를 그대가 받을 가능성이 높아진다는 것이다."

"납득했다."

시몬은 아무런 의문도 가지지 않고 그 말에 수긍하였다.

그레고리 후작의 사망소식을 듣고 줄곧 생각했던 문제였다.

리아라는 출중한 실력의 후계자가 있기는 하지만 단지 그뿐이었다.

베네시아 왕국은 동맹을 주관한 입장이기에 왕국 연합이 해체되려면 어느 정도 시간이 필요할 터, 그동안 6서클에 불과한 리아보다 7서클 유저인 시몬 자신이 8서클에 더 빨리 오르게 될 것이다.

자신이 중립을 깨거나 혹은 전쟁을 중재하겠다는 적당한 이유만 댄다면 에테르 황제나 다른 권력자가 알아서 그 마법서를 받칠 가능성이 높았다.

하지만 그래도 확실히 해둘 필요는 있었다.

"하나, 리아라는 그레고리 후작의 손녀가 있는 걸로 알고 있는데?"

"그레고리 후작이 가진 마법서는 에테르 황제 폐하의 것이다. 그레고리 후작은 어디까지나 그것을 빌린 것뿐, 소유주는 폐하시며 크로이드 황실이다."

"좋군. 마지막 세 번째 이유는?"

클라우드 공작이 이야기한 두 개의 이유는 시몬에게 꽤나 구미가 당기는 것이었다.

두 번째 이유는 마법사로서 당연한 것이고 첫 번째 이유는 시몬 본인이 그다지 전쟁을 좋아하지 않기 때문이었다.

그 외에도 전쟁기간 동안에는 마탑끼리 서로의 연구 성과를 확인할 수 없다는 문제가 있었다.

"이곳으로 오는 길에 마주친 근위병들을 마탑 앞에서 쓰러뜨렸다."

"음?"

이해할 수 없는 클라우드 공작의 설명에 시몬은 의문을 가졌다.

클라우드 공작이 근위병들을 쓰러뜨린 것과 자신이 협조해야 할 필요성을 연관 짓지 못한 것이다.

"아마 조금 있으면 근위병들과 기사단이 잔뜩 몰려들겠지. 그러면 나와 에리카 공주님이 이 마탑을 방문했다는 사실은 수도 전체에 알려지게 된다."

"그래서 그게 어떻다는 것이냐? 난 네놈을 넘겨주기만 하면 된다."

"방금 했던 전쟁을 멈출 수 있다는 게 무슨 뜻인지 모르겠나? 장담하지, 크로이드 제국은 이 전쟁에서 반드시 패배한다."

"중립의 입장인 나에게 제국의 승패는 아무런 상관이 없다."

"하지만 에리카 공주님을 근위병들에게 넘겨줬다는 사실은 상관이 있지."

클라우드 공작이 씩 웃는 것과 대조되게 시몬의 표정은 그대로 얼어붙었다.

조금 전 클라우드 공작은 에리카와 장래를 약속한 상대가 9서클 마법사인 그레고리 후작을 죽인 루시오스 백작이라는 자이며 에리카의 양아버지가 그랜드 소드 마스터로 이름 높은 루스웰 공작이라고 하였다.

크로이드 제국이 멸망한다고 가정했을 때 이 이야기가 알려지면 그들이 황혼의 마탑을 가만히 내버려 둘 리가 없었다.

분명 피의 복수가 벌어질 것이다.

"네, 네놈이 감히!"

시몬은 분노하며 자리에서 벌떡 일어났으나 어떠한 행동도 취할 수 없었다.

"수도 인구 전체의 입을 막을 수 있다면 막아봐라."

클라우드 공작의 여유로운 반응에 시몬은 할 말을 잃었다.

그저 멍한 얼굴로 클라우드 공작을 보다 실 끊어진 인형처럼 힘없이 쓰러져 다시 소파에 앉았다.

"빌어먹을. 완전히 당했군."

시몬은 머리를 감싸 쥐었다.

어떻게 유지해온 마탑인데 이런 이유로 무너져서는 안 된다.

그러나 잠시 고민하던 시몬은 곧 모순점을 한 가지 찾아냈다.

"잠깐, 만약 그 말대로라면 근위병들은 어차피 마탑으로 몰려올 거고 그럼 네놈을 도와줘도 우리 마탑은 피해를 보는 것 아니냐?"

"양자택일이다. 베네시아 왕국군에게 짓밟힐지 처벌을 받는 걸로 끝날지 선택하는 건 네 몫이다. 그리고 그렇게 무거운 처벌은 내려지지 않을 것이다."

"어떻게 확신하지?"

"황제 폐하의 분노는 모두 나에게로 향할 테니까."

"하아? 그대로 베네시아 왕국으로 망명하는 것 아닌가?"

"천만에. 난 크로이드 제국과 황제 폐하를 위해 이 전쟁을 멈추고 싶을 뿐이다. 전쟁이 멈춘다면 돌아와서 처벌을 달게 받을 것이다. 너의 변호 역시 그때 해주지."

"그것으로는 부족하다. 무엇보다 네놈이 돌아올 거라는 걸 어떻게 믿는다는 말이냐?"

시몬의 물음에 에리카는 걱정스러운 얼굴로 클라우드 공작을 보았다.

앞서 말한 내용들은 클라우드 공작과 상의한 끝에 어떻게든 시몬을 설득할 수 있었으나 이번 만큼은 에리카로서도 예상하지 못한 상황이었다.

마땅히 설득할 만한 방도가 떠오르지 않았다.

"증명하면 될 일이지."

클라우드 공작은 갑자기 자리에서 일어나더니 검을 뽑았다.

시몬은 잔뜩 긴장한 얼굴로 그런 클라우드 공작을 주시하였다.

그랜드 소드 마스터가 검을 뽑았고 그는 소파에 앉아 있었다.

클라우드 공작이 자신을 죽일 생각만 가진다면 단숨에 목이 떨어질 것이다.

"증명이라니, 어떻게 증명하려는……."

시몬은 채 말을 잇지 못했다.

클라우드 공작이 검을 휘둘러 자신의 팔을 그대로 잘라냈기 때문이다.

그 돌발행동에 에리카와 시몬 모두 경악했다.

철퍽!

붉은 피가 바닥으로 쏟아지고 잘려 나간 팔이 그 위로 떨어져 핏물을 튀겼다.

시몬은 무언가 말을 하고 싶었지만 너무 놀라 한 번 떨어진 턱은 다시 붙으려고 하지 않았다.

"어차피 죽음을 각오한 몸, 기사로서의 삶을 버리겠다."

클라우드 공작은 애써 고통을 참아내며 하나 남은 팔마저 자르기 위해 검을 역수로 쥐고 자신의 팔뚝을 찌르려 했다.

"이, 이, 이게 무슨 미친 짓이냐!"

시몬은 황급히 일어나 클라우드 공작의 행동을 만류하였다.

"클라우드 공작!"

에리카 역시 기겁하며 그를 붙들었다.

"어째서… 어째서 이런 짓을?"

에리카의 물음에 클라우드 공작은 쓴웃음을 지었다.

"이유가 어쨌든 전 폐하를 등진 몸, 폐하를 설득한다고 할지라도 저의 죄가 사라지지는 않습니다."

"설마 처음부터 죽을 생각이었던 건가요?"

에테르 황제를 설득하고 말겠다는 클라우드 공작의 말에 에리카는 그가 죽을 생각은 없다고 여겼었다.

그런데 지금 말을 들어보니 그게 아니었던 모양이다.

죽을 생각이 없던 것이 아니라 죽어도 상관없었던 것이다.

"그렇습니다. 그리고 시몬, 내 팔을 네가 잘랐다고 한다면

황제 폐하의 진노를 어느 정도 거둘 수 있을 것이다. 방법이
야 쉽지. 독을 탄 차를 대접하고 에리카 공주님을 노렸다고
하면 그랜드 소드 마스터라고 해도 충분히 팔 한쪽을 잃을 수
있다고 여길 것이다. 넌 7서클 마법사니까.”

“하지만 그러면 네놈의 도주는?”

“누군가가 인질로 잡혔다고 거짓을 말하면 된다. 마탑의
마스터로서 그 정도 권한은 있겠지.”

“네놈은 정말로 미친놈이다.”

시몬은 질린 얼굴로 클라우드 공작을 보다 고개를 내저었
다.

“들어주마. 원하는 걸 말해봐라. 베네시아 왕국으로 보내
줄까? 아니, 설득한다고 했으니 전장으로 보내줘야겠군. 그
라이스 왕국의 수도 부근이면 되는 건가?”

“부탁하도록 하지.”

“…미친놈.”

한 점의 후회도 없다는 듯 웃고 있는 클라우드 공작의 모습
에 시몬은 또다시 그를 미친놈이라고 불렀다.

“마스터, 차를 가져왔습… 헉!”

김이 모락모락 피어오르는 따뜻한 차를 가지고 최상층으
로 올라온 마법사는 클라우드 공작의 팔 한쪽이 잘려 나간 모
습을 보며 기겁했다.

에리카가 서둘러 손수건을 꺼내 어설프게 지혈을 해놓았

지만 손수건 전체가 붉게 물든 모습과 카펫 위에 떨어진 팔은 무척이나 그로테스크했다.

게다가 에리카의 핏빛 머리색과 눈동자가 유난히 부각되어 그가 느낀 공포감은 실로 엄청났다.

"늦었다, 이놈아. 이 꼴로 차를 마셨다가는……."

시몬은 마법사를 물리고 곧장 텔레포트 마법을 준비했다.

크로이드 제국에 펼쳐져 있는 텔레포트 방해 마법은 황실의 마법사들과 마탑의 마법사들이 충분히 뚫을 수 있었다.

"죽지 마라. 내 카펫을 망가뜨린 배상은 받아야 하니까."

마법진이 완성되자 시몬은 바닥에 놓여 있는 클라우드 공작의 한쪽 팔을 가리키며 말했다.

"클라우드 공작가로 청구하도록. 아, 그때쯤이면 가문이 사라졌을지도 모르겠지만."

"미친놈. 더러워서 안 받는다."

시몬은 다시 한 번 그를 미친놈이라고 부르고 텔레포트 마법을 발동시켰다.

Chapter 04
지연

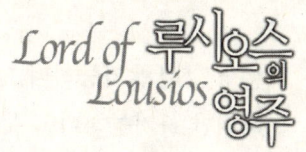
Lord of Lousios 루시오스의 영주

"뭐야, 이 말도 안 되는 현상은?"

카이저는 허탈한 얼굴로 자신의 검을 바라보고 있었다.

분명 방금 그 일격으로 에테르 황제를 확실하게 죽일 수 있을 것이라고 생각했었다.

설령 에테르 황제가 기적적인 힘을 발휘한다고 해봐야 간신히 목숨만 건질 뿐, 치명상을 피하기는 어려울 것이었다.

그러나 지금 카이저의 검은 에테르 황제에게 닿지 못하고 있었다.

"설마……."

카이저는 불가능하다고 생각되는 한 가지 가정을 떠올렸다.

분명 그건 불가능하다.

하지만 불가능하다고 무시할 수 없는 것이 지금 일어난 현상을 설명할 길이 그것밖에는 없었다.

"소드 갓이라고?"

카이저는 멍한 얼굴로 자신의 앞에 휘몰아치고 있는 마나의 폭풍을 보았다.

*　　　*　　　*

붉은 궤적을 따라 카이저의 검은 에테르 황제의 몸을 둘로 나누기 위해 움직였다.

리버스 오러까지 사용한 지금 카이저의 검은 9서클 마법사였던 그레고리 후작이라고 할지라도 막아내지 못했던 엄청난 힘을 담고 있었다.

"웃기지 마라!"

하지만 카이저의 검이 에테르 황제에게 닿기 전, 에테르 황제의 몸에서 돌연 마나가 폭발하듯 뿜어져 나왔다.

그랜드 소드 마스터 최상급의 경지에 오른 에테르 황제가 보유한 엄청난 양의 마나가 아낌없이 방출되자 리버스 오러라도 주춤거릴 수밖에 없었다.

하지만 카이저는 마지막 발악이라고 여기고 대수롭지 않게 생각했다.

리버스 오러는 소드 갓의 올랐던 페네스 하임이 고안하고 드래곤의 후예인 지금의 카이저가 다듬은 기술이다.

대륙에 존재했던 어떤 강인한 실력을 지닌 자라 할지라도 카이저는 이 기술을 막아내지는 못할 거라고 자신했다.

그런데 지금 그 자신이 무너지고 말았다.

콰콰콰콰콰!

터무니없는 속도로 뿜어져 나오던 마나가 이내 맹렬히 회전하며 마나의 폭풍을 만들어냈다.

그 때문에 궤적을 따라 움직이던 리버스 오러가 흔들리기 시작하더니 이내 궤적이 비틀렸다.

페네스 하임의 리버스 오러와 다르게 카이저의 리버스 오러는 붉은 궤적, 허공에 그려진 마나의 길을 따라 검이 이동하는 것으로 그 마나의 길을 유지해야만 제대로 명중할 수 있었다.

그렇지만 그게 약점은 아니었다.

궤도가 읽힌다고 해도 반응해서 피할 수 있는 속도도 아니고 막으려 들어도 그것까지 함께 베어낼 위력이 담겨 있었다.

또한 대기의 마나는 드래곤의 영역에 도달한 카이저가 주변의 대기를 침식해 고정시키므로 붉은 궤적에 대해 이해한다고 할지라도 대응은 절대 불가능하다.

아니, 불가능했어야 했다.

그런데 에테르 황제의 몸에서 뿜어져 나온 터무니없이 강력한 마나의 폭풍은 카이저가 침식한 대기를 침식하지 못한 곳과 뒤바꾸고 있었다.

그것 때문에 궤도가 뒤틀리고 말았다.

좌아악!

'빌어먹을!'

확실하게 베기는 했다.

검끝에서 느껴지는 단련된 감각이 카이저에게 말해주고 있었다.

그러나 에테르 황제를 죽이는 건 고사하고 치명상조차 입히지 못하는 가벼운 상처였다.

더구나 폭풍은 더욱 강력해져 리버스 오러를 다시 쓴다고 해도 확실히 벨 수 있을 거라는 보장이 없었다.

'도대체 왜 이런 변화가 일어난 거지?'

카이저는 돌연 불어닥친 폭풍의 정체가 뭘까 고민에 들어갔다.

"뭐야, 이 말도 안 되는 현상은?"

고민에 고민을 거듭하던 카이저는 문득 이것이 익숙한 광경이라는 생각이 들었다.

카이저가 아닌 페네스 하임의 기억에 있던 상황이었다.

그때와 다른 것이 있다면 당시에는 페네스 하임이 저 폭풍의 안에 있었다면 지금은 에테르 황제가 그 안에 있다는 것이었다.

"설마……."

결코 그럴 리가 없다고 방금 도출된 답을 받아들이는 걸 몸이 거부하였다.

만약 그것이 사실이라면 카이저로서는 큰 낭패였다.

하지만 이 현상은 그것이 아니라면 설명되지 않았다.

"소드 갓이라고?"

도저히 믿기지 않는 사실에 카이저는 허탈한 기분이 들었다.

소드 갓의 경지는 그리 가벼운 것이 아니다.

그랜드 소드 마스터도 소드 갓과 비교한다면 그야말로 아무것도 아니었다.

그런데 지금 그 경지를 에테르 황제가 올라선다면 어찌 그것을 믿겠는가?

소드 갓은 절대적인 경지, 대륙 역사를 통틀어 그곳에 도달한 자는 페네스 하임이 유일했다.

재능의 영역이 아니다.

무엇보다 중요한 하나의 영감, 그것을 얻은 자만이 오를 수 있었다.

재능보다도 운.

마나 연공법보다도 운.

검술보다도 운.

운보다는 실력.

검사로서의 그 모든 것보다 운이 좋아야 했고 운을 자신의 것으로 만들 실력이 있어야 했다.

"아니, 그런 게 가능할 리가 없다."

카이저는 결코 불가능하다고 다시 결론을 내렸다.

저것은 소드 갓이 아니다.

소드 갓일 수가 없다.

드래곤의 경지에 도달하며 몇 단계 이상 성장한 정신이 냉정을 가져다주었다.

"크으으!"

에테르 황제는 갑자기 전신을 휘감던 마나의 폭풍이 다시 체내로 들어오자 넘쳐나는 힘을 감당하지 못해 당황한 것 같았으나 이내 고개를 들어 카이저를 노려보았다.

증오와 살심으로 핏발선 눈을 확인한 순간, 카이저는 에테르 황제의 상태를 이해했다.

에테르 황제의 지금 변화는 굳이 말하자면 자신이 드래곤의 후예가 된 것과 비슷할 것이다.

삶이나 다른 무언가에 대한 집착이 카이저가 마족을 상대하며 얻은 깨달음과 같이 정신을 어느 경지로 이끈 것이다.

다만 그 경지가 바른 경지라고는 말할 수 없었다.

에테르 황제의 눈빛에는 증오와 살심은 물론 광기까지 엿보이고 있었다.

"크아아아! 죽어라!"

에테르 황제는 자신의 몸에 일어난 변화를 이해하려 들지 않았다.

그저 새로 손에 넣은 힘으로 카이저를 죽일 생각뿐이었다.

그리고 그 섣부른 행동은 카이저에게 있어 절호의 기회였다.

'마나의 폭풍이 사라졌다면 리버스 오러는 막을 수 없지.'

카이저는 검을 역수로 쥐었다.

페네스 하임이 만들었던 초기의 모습으로, 마족을 죽였을 때의 감각을 되살렸다.

리버스 오러는 원래 카운터 기술로 페네스 하임의 기억이 있는 카이저로서는 역수로 잡아서 쓰는 게 더 익숙했다.

새로 익힌 방법으로 쓰는 것도 뛰어난 위력을 자랑하지만 지금 상황에서는 익숙한 방법이 더 효율적이었다.

붉은 궤적을 따라 역수로 쥐어진 검이 원래의 방향으로 돌아가며 공기를 갈랐다.

정면으로 뛰어들던 에테르 황제는 붉은 궤적이 시야에 들어온 순간 반사적으로 검을 맞대었다.

쩌어엉!

서로의 오러 블레이드가 충돌했음에도 불구하고 너무나도 찰나의 순간에 벌어진 일이라 폭발음은 울리지 않았다.

그 대신 커다란 쇳소리가 사방으로 울러 퍼졌다.

한창 전투 중이던 제국군과 연합군이 그 소리에 놀라 당황할 정도였다.

'잘리지 않았어.'

카이저는 에테르 황제의 검을 베어내지 못했다는 사실에 이를 악물었다.

리버스 오러, 페네스 하임이 소드 갓의 경지에서 만든 최후의 기술이자 카이저 자신의 최고의 기술.

그것이 실패로 돌아간 것이다.

성과가 전혀 없는 건 아니었다.

힘에 취해서 돌진해 오던 에테르 황제는 리버스 오러에 당해 그대로 나가떨어졌다.

서로 간의 근력 차이는 거의 없었지만 리버스 오러를 발동한 카이저의 움직임이 몇 배는 더 빨랐고 그로인해 무게 역시 훨씬 강하게 실렸기 때문이다.

또한 리버스 오러에 직격당한 에테르 황제의 검은 칼날의 절반 정도가 잘린 상태였다.

완전히 절단 내지는 못했으나 한 번 더 같은 곳을 공격받는다면 무조건 파괴될 것이고 저렇게 검이 망가지면 오러 블레이드를 사용하는 것에도 제약이 따를 수밖에 없었다.

하지만 검의 손상은 카이저 역시 비슷했다.

'침착하게 생각해라.'

카이저는 자세를 바로잡으며 에테르 황제의 변화를 관찰하는 것에 신경을 집중시켰다.

카이저가 이 경지에 들어서면서 얻게 된 변화는 마나에 대한 압도적인 장악력이었다.

대기의 마나를 침식하고 흡수해 체내에 마나가 없어도 대기의 마나를 무한하게 가져다 사용할 수 있었다.

에테르 황제 역시 그와 같이 새로운 능력을 얻었을 것이다.

콰아앙!

'아무리 봐도 특별한 무언가는 안 보이는데?'

카이저는 연신 검을 주고받으며 에테르 황제의 변화를 찾으려고 노력했으나 이것이라고 확신을 담을 만한 특별한 변화는 없었다.

굳이 말하자면 전체적으로 상승한 육체능력이 전부였다.

'육체능력?'

그러고 보면 지금 에테르 황제의 힘은 카이저 자신을 상회하고 있었다.

리버스 오러를 정면으로 막아냈고 그 정도로 큰 충격을 받았다면 몸 어딘가가 부러지거나 그에 준하는 타격을 입어야 정상이었다.

더구나 리버스 오러는 정면으로 막아낼 수 있을 정도로 느린 검이 아니었다.

리버스 오러를 사용하는 카이저 본인마저도 검을 휘두르는 감각이 섬뜩하게 느껴지는데 카이저는 그동안 이 리버스 오러를 집중적으로 갈고 닦았다.

막 새 경지를 개척했다고 한들 에테르 황제가 막아낼 만한 것이 아니었다.

'설마……'

의혹이 생겨나자 카이저는 곧장 그것을 증명하기 위해 행동에 나섰다.

"리버스 오러."

붉은 궤적이 또다시 허공에 펼쳐지자 에테르 황제는 반사적으로 뒤로 몸을 빼내다 이상을 알아차렸다.

자신의 눈앞에 펼쳐진 붉은 궤적과 카이저의 검끝에서부터 나온 붉은 궤적이 연결이 되지 않은 것이다.

스팟!

그 의문을 풀기도 전 카이저의 팔은 검끝에서부터 이어진 붉은 궤적을 따라 에테르 황제의 시야가 닿지 못한 외곽으로 휘둘러지더니 거기서 방향을 꺾어 에테르 황제가 눈으로 확인한 붉은 궤적을 따라왔다.

'연격?'

하나의 선으로만 이루어져 있던 궤적이 중간에 방향을 비틀자 에테르 황제는 단숨에 살심과 광기가 잠재워질 정도로 섬뜩한 느낌을 받았다.

핏!

아슬아슬하게 카이저의 리버스 오러를 피해내는 데 성공했으나 갑옷이 베이고 미약한 생채기가 새겨졌다.

중간에 방향을 꺾는 기술이니 만큼 속도가 느려야 정상인데 카이저의 리버스 오러는 물리법칙을 무시하듯 방향을 바꿀 때 속도가 조금도 떨어지지 않았다.

그나마 검이 이동하는 거리가 조금 더 늘어났기에 회피가 가능했다.

"이것까지 피했단 말이지."

카이저는 말꼬리를 길게 늘이며 앞으로 뛰어들었다.

서로의 거리가 다시금 가까워지자 에테르 황제는 어떻게든 카이저의 사정 범위에서 빠져나가기 위해 뒤로 몸을 날렸다.

스팟!

에테르 황제가 서 있던 바로 앞으로 붉은 궤적이 훑고 지나가며 섬뜩한 예기를 흩뿌렸다.

그러나 에테르 황제는 이번에도 간발의 차이로 리버스 오러를 회피하는 데 성공하였다.

'틀림없다.'

카이저는 이 두 번의 회피로 확신했다.

에테르 황제의 경지는 특별한 무언가가 있는 게 아니었다.

무엇에 집착을 가졌는지는 모르겠지만 깨달음은 이후 검사의 성장 방향을 좌우한다.

에테르 황제가 무엇에 집착했든 삶이 전제조건인 이상 그 경지에 해당하는 힘은 육체능력을 크게 높여주는 것일 가능성이 높았다.

'지금 이 기회를 놓치면 안 돼!'

카이저는 검을 양손으로 잡고 계속해서 간격을 좁혀들었다.

리버스 오러의 각도를 꺾는 것은 그리 어려운 일이 아니었다.

하르트와 타로스 등 자신이 가르쳤던 이들과 대련을 할 때 일 대 다수에 리버스 오러가 큰 도움이 되지 않자 그것을 극복하기 위해 쉼 없이 노력했었다.

몇 달이라는 짧은 시간 동안 이룬 성과이기는 하지만 최대 4번까지 궤도를 바꿀 수 있었다.

그리고 이 4번의 한도 내에서 상대가 절대로 피할 수 없는 공격을 행사하는 것이 가능했다.

콰콰콰콰!

하지만 카이저는 공격을 실행하기 전 옆에서 날아오는 무언가의 존재를 알아차렸다.

날아오는 속도나 위력을 예측해 봤을 때 소드 마스터의 오러 블레이드였다.

콰아아앙!

"……."

에테르 황제는 그대로 뒤로 빠지고 크로이드 제국의 근위 기사들이 우르르 앞으로 튀어나오자 카이저는 아쉬운 눈길로 에테르 황제를 응시했다.

최대한 빨리 승부를 봤어야 했는데 그러지 못한 것이 아쉬웠다.

'에리카는 어떻게 된 거지?'

근위기사들이 몸을 방패로 써가며 가로막으면 에테르 황제의 탈주를 막을 수 없다는 걸 알고 있는 카이저는 바로 에리카의 안위가 걱정되었다.

에리카와 이 자리에 없는 그랜드 소드 마스터 클라우드 공작 사이에 무슨 일이 있었는지 확실하게 알아내야 했다.

"황제 폐하, 속히 몸을 피하십시오! 이 뒤는 저희 근위기사단이 막겠습니다!"

"알았다."

에테르 황제는 망설이지 않고 물러나는 것을 선택했다.

클라우드 공작이 에리카를 데리고 도주했다는 소식을 들은 것이 카이저에 대한 분노를 눌러주고 있었기에 에테르 황제는 물러나는 것에 망설임이 없었다.

"리버스 오러."

카이저는 근위기사단의 정면으로 달려들며 바로 리버스 오러를 사용했다.

이미 리버스 오러에 대해서는 에테르 황제 역시 충분히 파악한 상황이기에 망설일 이유는 없었다.

에테르 황제가 뒤로 몸을 피하는 동안 카이저는 최대한 빨리 이번 전투를 끝내는 것으로 목표를 수정했다.

스파파팟!

붉은 궤적이 연달아 이어지며 근위기사단의 상반신과 하반신이 나누어졌다.

카이저는 근위기사단을 홀로 휩쓸었다.

"멈춰라!"

일전에 에테르 황제가 루스웰 공작령을 습격했을 때 소드 마스터로 여겨지던 근위기사가 그런 카이저의 앞을 막아섰다.

정황으로 보건데 단장으로 추측되는 기사였으나 카이저는 개의치 않았다.

더 이상 소드 마스터 따위는 카이저에게 대수로운 상대가 아니었다.

옆으로 몸을 날려 그의 공격을 피해낸 카이저는 곧장 그의 옆구리로 리버스 오러를 사용해 검을 휘둘렀다.

촤아아악!

"크헉!"

단 일격에 소드 마스터가 피를 흩뿌리며 쓰러졌다.

간신히 즉사는 면했지만 내장을 갈랐으니 마법사의 도움이 없으면 금방 죽고 말 것이었다.

카이저는 그에게 눈길조차 주지 않은 채 자신을 포위한 다른 근위기사들을 향해 덤벼들었다.

"서둘러서 폐하를 피신시켜라!"

카이저가 근위기사들을 상대로 학살을 벌이는 동안 에테르 황제는 아군 마법사들이 모여 있는 곳에 도착하고 서둘러 텔레포트 마법을 준비하였다.

연합군의 마법사들은 아직까지 시가전에 참가하지 못하고 있었기에 제국의 마법사들을 방해하지 못했다.

"그럼 이동하겠습니다."

"서둘러라."

에테르 황제의 말이 끝나기가 무섭게 환한 빛이 그를 감쌌다.

텔레포트 마법을 사용할 때 볼 수 있는 현상이었다.

에테르 황제가 빛에 휩싸여 모습을 감추자 뒤늦게 그곳에 루턴 후작이 모습을 드러냈다.

"도망갔는가?"

루턴 후작은 아틀라스 후작을 따라가다 아틀라스 후작이 카이저와 에테르 황제의 싸움을 지켜보는 모습을 주시하였다.

혹시 중간에 난입하며 그때 막아설 생각이었지만 아틀라스 후작이 난입할 수 있을 정도로 카이저와 에테르 황제의 싸움은 가볍지 않았다.

성벽이 무너지고 카이저가 검을 휘두르는 모습은 소드 마스터의 신체로도 간신히 궤적만 따라갈 수 있을 정도로 재빨랐다.

결국 아틀라스 후작은 끼어드는 걸 포기해 버렸고 에테르 황제가 몸을 빼내자 루턴 후작은 에테르 황제를 추격하였다.

하지만 지금 에테르 황제가 전장을 이탈하고 말았다.

"어쩔 수 없지. 지금은 이쪽을 정리하는데 집중할 수밖에."

루턴 후작은 오러 블레이드를 만들어내고 제국군 마법사들을 향해 덤벼들었다.

이미 전장의 상황은 연합군에게로 기울고 있었다.

병력 숫자는 비등하지만 사기의 차이가 꽤나 컸고 오러 마스터 등 기사 전력에서 연합군이 앞서고 있는 덕분이었다.

크로이드 제국군이 물러나기 시작한 것은 그로부터 꽤 시간이 흐른 뒤였다.

하버크 공작이 사망하고 에테르 황제가 도망치듯이 전장을 이탈했으며 클라우드 공작이 돌아오지 않아 지휘체계가 많이 무너진 것이 화근이었다.

또한 다른 지휘관들 역시 연합군의 기사들에게 상당수가 목숨을 잃어 퇴각명령이 지연되었다.

"끝까지 쫓아라!"

그라이스 왕국의 귀족인 티르 백작은 그동안 자신들이 당한 것을 복수하기 위해 추격을 명령하였다.

"쫓지 마라! 저항하는 녀석들은 죽이고 나머지는 붙잡아라!"

그러나 에오스 왕국과 베네시아 왕국은 추격을 그만두었다.

에오스 왕국은 초기에 그레고리 후작에게 전체 병력의 반을 잃었고 유능한 기사들도 상당수가 전사한 상황이기에 이번 전투로 입은 피해를 가능한 빠르게 파악해야 했다.

베네시아 왕국의 경우에도 이번 전투는 피해가 상당했기에 이미 확실해진 승리를 굳히기보다는 피해를 줄이는 데 집중했다.

어느 정도 피해가 수습이 되자 각 왕국의 지휘관들은 앞으로의 작전을 의논하기 위해 탈환한 수도의 왕궁에 있는 대회의실로 모였다.

"모두 무사해서 다행이오."

루스웰 공작은 자연스럽게 상석에 앉아 무사히 생환한 것에 대한 인사를 건넸다.

"루스웰 공작께서도 무사하셔서 다행입니다."

"걱정해줘서 감사하오, 아틀라스 후작."

루스웰 공작은 대회의실로 들어오기 전 루턴 후작으로부터 아틀라스 후작과 에오스 왕국이 자신들을 경계하고 있을지도 모른다는 이야기를 들은 터였기에 생각이 많이 복잡했다.

"일단 앞으로 우리 연합군이 어떻게 움직여야 할지 좋은 의견이 있는 자가 있소?"

"제가 한 말씀드려도 되겠습니까?"

루스웰 공작의 물음에 마치 기다리고 있었다는 듯 그라이스 왕국의 귀족들을 대표로 이 자리에 있는 티르 백작이 손을 들었다.

"부담 없이 말해보시오."

루스웰 공작이 허락하자 티르 백작은 자리에서 일어나 가벼운 헛기침을 하고 자신의 의견을 꺼냈다.

"추격대를 구성하는 게 좋지 않겠습니까? 지금이라도 쫓아가면 크로이드 제국군에게 더 큰 피해를 줄 수 있을 겁니다."

"이쪽도 피해가 만만치 않소. 추격은 무리요."

티르 백작이 추격대를 편성할 것을 요청하자 아틀라스 후작은 단칼에 그것을 거절했다.

이번 전투로 에오스 왕국군은 또다시 수천의 병력을 잃어 이제는 숫자가 1만 안팎으로 줄어 있었다.

부상자들도 생각하면 전투가 가능한 병력은 기껏해야 7천 정도였다.

'이제는 2차 지원군을 기다리면서 숨통을 조르는 게 좋겠군.'

아틀라스 후작은 슬슬 전쟁을 멈춰야겠다고 여겼다.

연합군은 6만의 병력 중에 2만 정도의 사망자와 부상자가 발생하였지만 크로이드 제국은 어림잡아도 3만 이상의 사상자가 생겼다.

사로잡은 크로이드 제국군도 1천 명이 넘었고 그동안 해치운 제국군이 수만 명이니 1차 지원군의 반을 잃은 것에 대한 보복은 충분히 가한 셈이었다.

이제는 베네시아 왕국과 크로이드 제국의 균형이 무너지지 않게 전쟁을 멈출 때였다.

"그건 아틀라스 후작의 말이 맞소. 무엇보다 크로이드 제국군을 아무리 많이 죽인다고 할지라도 이 전쟁은 끝나지 않소. 이 전쟁을 끝내기 위해서는 크로이드 제국의 에테르 황제를 붙잡는 일이 무엇보다 중요하오. 그를 꺾어야만 크로이드 제국이 전쟁을 멈출 것이오."

"지당하신 말씀입니다."

네테스 후작과 루턴 후작이 루스웰 공작의 말을 지지하고 나섰다.

이에 티르 백작은 인상을 찌푸렸으나 어쩔 수 없었다.

이 전투로 티르 백작 역시 확실하게 깨닫고 있었다.

지금 베네시아 왕국이 가지고 있는 전력이 생각했던 것 이상으로 강함을.

"공작 각하. 꼭 하고 싶은 말이 있습니다."

그때, 조용히 있던 카이저가 입을 열자 모두의 시선이 카이저에게로 집중되었다.

"말하게."

루스웰 공작은 부드러운 목소리로 카이저의 발언을 허가해 주었다.

"상황이 생각보다 좋지 않습니다."

"왜 그렇게 생각하는가?"

카이저의 말에 대회의실에 앉아 있는 이들 모두가 영문을 모르겠다는 얼굴로 카이저를 보았다.

공성전을 치르고 있던 상황임을 생각한다면 사실상 대승리를 거둔 셈이었다.

이대로 2차 지원군이 올 때까지만 버텼다가 다시 몰아치면 크로이드 제국군을 그라이스 왕국에서 완전히 몰아내는 것은 물론이고 크로이드 제국의 영토를 침략할 수도 있었다.

"조금 전 에테르 황제와 전투 도중 그가 새로운 경지를 개척하였습니다."

"새로운 경지라고?"

카이저의 발언에 모든 이들이 두 눈을 휘둥그레 떴다.

에테르 황제는 이미 그랜드 소드 마스터였다.

그런 자가 새로운 경지에 들어섰다는 건 경계해야 할 일이었다.

"설마 그랜드 소드 마스터의 경지를 뛰어넘었다는 건가? 아니, 그럴 리가……."

티르 백작은 만약 그런 것이라면 유리하게 변한 전황이 단숨에 뒤집어질 수도 있다는 불안감이 들었다.

그랜드 소드 마스터 하나만 해도 그렇게 끔찍한 힘을 지니고 있는데 그 그랜드 소드 마스터를 능가한다면 그때는 답이 없었다.

"그랜드 소드 마스터 최상급을 이야기하는 건가?"

루스웰 공작은 눈빛이 조금 가라앉은 채로 물었다.

만약 카이저가 자신의 정체를 밝히면서 이야기해 준 전설의 검사 페네스 하임과 같은 경지에 올랐다면 상황이 다시 심각하게 변하는 것이었다.

이미 소드 갓의 경지에 오른 페네스 하임의 기억이 있는 카이저가 더 유리하기는 하겠지만 같은 경지라는 건 얼마든지 상황이 뒤집어질 수 있다는 의미였다.

"아니요, 그 이상입니다."

"서, 설마……."

"다음에 기회가 오면 반드시 에테르 황제를 처치해야 합니다. 그는 너무 위험합니다."

카이저의 말에 루스웰 공작은 신음하며 고개를 끄덕여 수긍했다.

카이저야 대륙 최고의 검사였던 페네스 하임의 기억이 있다고 하지만 에테르 황제는 그런 것 없이 지금의 경지를 이룩한 상태였다.

페네스 하임보다 더하면 더했지 결코 못한 재능이라고 이야기할 수는 없었다.

"그리고 서둘러서 에리카의 소재를 파악해 주십시오."

"에리카의?"

카이저가 에리카의 이름을 꺼낸 것이 루스웰 공작은 대단히 의외였다.

게다가 소재의 경우 이미 크로이드 제국의 황궁으로 파악된 상태였다.

"조금 전 크로이드 제국의 기사로부터 클라우드 공작이 에리카를 데리고 탈주했다는 소식을 들었습니다."

"클라우드 공작이 탈주를?"

"그게 무슨 말도 안 되는 소리입니까?"

카이저의 반응에 이야기를 듣고 있던 아틀라스 후작과 티르 백작이 깜짝 놀라 자리에서 일어났다.

클라우드 공작은 크로이드 제국의 그랜드 소드 마스터였다.

그런 자가 크로이드 제국을 배신했다면 연합군 입장에서는 최고의 결과였지만 다른 곳도 아니고 공작가에서 황실을 배신했다고 보기는 어려웠다.

더구나 클라우드 공작의 가문은 대대로 충성심이 높기로 유명한 곳이었다.

아무리 전황이 나쁘다고 해도 크로이드 제국을 적으로 돌리는 행동을 할 것 같지는 않았다.

"거의 확실한 정보라고 봐도 좋을 겁니다. 에테르 황제가 에리카를 인질로 내세우지 못했으니까요. 무엇보다 이런 정보를 거짓으로 흘려서 얻을 수 있는 이익이 에테르 황제에게는 전혀 존재하지 않습니다."

전략이라는 것은 자신에게 이득이 되는 방향으로 흘러가야 하는데 클라우드 공작이 에리카를 데리고 탈주했다는 건 어디로 보나 크로이드 제국에 불리한 정보였다.

물론 클라우드 공작이 전장을 이탈한 것이 배신 때문이라고 속이고 뒤에서 흉계를 꾸밀 수도 있었지만 그렇다고 해도 연합군이 제국군에 대한 경계를 푸는 건 아니었다.

반드시 보호해야 할 주요인물인 각 왕국의 국왕들은 전쟁에 돌입한 현재 철통같은 보호를 받고 있어 그랜드 소드 마스터라도 국왕들을 암살하거나 붙잡는 건 어려웠다.

"흐음. 그런데 그 정보가 사실이라면 에리카가 지금 어디에 있을지는 전혀 모른다는 거군."

"제국의 수도에서 빠져나갔다면 어떻게든 연락을 취해올 겁니다. 하지만 수도 안에 남아 있다면 잡히는 건 시간문제겠죠."

에테르 황제가 돌아간 이상 그랜드 소드 마스터인 클라우드 공작이라도 더 이상 에리카를 보호할 수는 없었다.

카이저는 에테르 황제에게 잡히기 전에 에리카가 수도를 빠져나갔기를 빌었다.

"혹시 저희의 진군을 서두르게 하려는 목적일지도 모릅니다."

아틀라스 후작은 카이저가 에리카를 구하기 위해 무리하게 병력을 진군시키지는 않을까 걱정스러운 마음이 들었다.

만약 그렇다면 에오스 왕국의 입장에서는 꽤나 곤란했다.

자신들의 진군속도를 높이려는 목적이 없더라도 이대로라면 크로이드 제국까지 단숨에 밀고 들어갈 기세였다.

"그것도 아닐 겁니다. 고작 그런 이유라고 하기에는 크로이드 제국은 너무 많은 걸 내주었습니다."

병력의 반 이상이 당했으니 에테르 황제를 제외한다면 현재 크로이드 제국의 병력은 그라이스 왕국의 귀족들만으로도 어느 정도 맞상대가 가능했다.

전쟁 초기 크로이드 제국에 그라이스 왕국이 무참히 짓밟혔다는 것을 떠올리면 전황이 얼마나 뒤바뀌었는지 잘 알 수 있는 상황이었다.

"현재 남아 있는 크로이드 제국의 소드 마스터는 몇 명입니까?"

카이저의 물음에 루턴 후작은 크로이드 제국의 기사들의 이름이 적힌 명단을 꺼냈다.

최소 오러 마스터 이상의 경지에 오른 기사들의 이름이 적혀 있었는데 그중 절반 정도의 이름 위로 줄이 그어져 있었다.

"이번 전투에서 죽은 시신들까지 확인해야 정확한 숫자가 나오겠지만 일단 4명으로 추정하고 있네."

"조금 전 근위기사단의 복장을 하고 있는 소드 마스터를 베었습니다. 실력은 중급 정도였습니다."

"그럼 3명이군."

루턴 후작은 근위기사단장의 이름에 잉크를 묻힌 펜으로 줄을 그었다.

"아마 크로이드 제국에 1명, 다른 전선에 2명이 있을 걸세."

"그들이 모두 모인다고 해도 저희에겐 큰 위협이 되지 않습니다. 매복을 펼친다고 해도 오히려 이쪽에서 반겨줄 수준이죠. 그러니 클라우드 공작을 이용해 계략을 꾸몄을 가능성은 낮습니다."

클라우드 공작을 포함해 기껏해야 3명의 소드 마스터였다.

카이저가 이번처럼 에테르 황제를 막고 루스웰 공작이 클라우드 공작을 상대하면 소드 마스터들의 숫자도 맞아떨어진다.

그런데 연합군에는 루시오스 백작가의 가신들이 있었다.

전원이 오러 마스터들로 이루어진데다가 실력 역시 보통의 오러 마스터들보다 월등하니 제국군은 싸우는 것 자체가 손해였다.

"그래도 조심하는 게 좋지 않겠나?"

"그렇다면 에오스 왕국군은 수도를 복원하는 데 신경 써주시겠습니까? 전쟁은 저희 베네시아 왕국과 그라이스 왕국으로 충분합니다."

"그, 그건……."

아틀라스 후작은 그만 말문이 막혀 버렸다.

물론 더 이상 싸우지 않으면 피해는 보지 않겠지만 전쟁 도중 자신들만 빠지면 크로이드 제국을 해치운 공을 인정받기 어려웠다.

안 그래도 카이저가 결투로 그에게 지휘권을 빼앗았다가 돌려준 것이 알려진다면 목이 위험한 상태였다.

공조차 제대로 세우지 못한다면 에오스 왕국은 손해만 잔뜩 보고 물러나야 했다.

"그래도 조심해서 나쁠 건 없을 테니 천천히 압박하도록 하겠습니다. 크로이드 제국이 정말 흉계를 꾸미고 있을지도 모르니 2차 지원군이 합류할 동안 크로이드 제국을 침범하지는 않을 것입니다."

2차 지원군의 결성은 이미 끝난 상태였다.

테르조 백작은 디케르 국왕의 안전을 지키기 위해 올 수 없는 상황이었지만 20명이 넘는 오러 마스터와 500명의 익스퍼트급 기사, 5만이 넘는 병사와 지원부대로 2차 지원군이 준비되었다.

에오스 왕국의 국왕 역시 2차 지원군을 준비했는데 그는 이번 전쟁에서 베네시아 왕국의 힘을 빌려 큰 공을 세우기를 원하고 있었다.

그 때문에 아틀라스 후작처럼 갓 소드 마스터의 경지에 오른 이가 아니라 에오스 왕국에서도 이름 있는 소드 마스터를 사령관으로 뽑고 30명 정도의 오러 마스터를 준비했다고 알려왔다.

다른 두 왕국 역시 이 전투 소식을 전해 듣고 분발하기 위해 지원군을 늘릴 계획이라고 했으니 크로이드 제국으로서는 사면초가였다.

대륙 최강국이라고 할지라도 중부와 동부의 6개 왕국의 동맹은 어쩌지 못하는 것이다.

물론 이 모든 건 카이저가 그레고리 후작과 하버크 공작을 죽이고 에테르 황제를 패퇴시킴으로 인해 가능한 일이었다.

"그럼 그렇게 하도록 하지요."

티르 백작은 제국군을 추격할 수 없다는 걸 깨닫고 곧장 몸을 일으켰다.

이렇게 된 이상 수도의 복원을 우선으로 해야 했다.

게다가 그라이스 국왕이 죽었으니 다음 대의 국왕 역시 생각해 두어야 했다.

왕세자가 존재하고 있기는 하지만 국왕의 직할령을 비롯해 왕실의 힘이라고 할 만한 것들이 모두 사라져 정통성을 제외한다면 왕세자를 지지할 만한 이유는 없었다.

"저도 이만 일어나겠습니다."

아틀라스 후작까지 나가자 대회의실에는 베네시아 왕국의 인물들만이 남았다.

그러자 루스웰 공작은 진지한 음색으로 물었다.

"에테르 황제가 새 경지에 올랐다는 것이 정말이냐?"

"예, 그렇습니다."

루스웰 공작이 다시 한 번 이것에 대해 물을 것이라고 예상했던 카이저는 태연하게 답했다.

"그럼 승산은 얼마나 되느냐?"

"아마 제가 8할 정도는 될 것입니다."

직접 검을 겨뤄봤기에 카이저는 냉정하게 말할 수 있었다.

에테르 황제가 새로운 경지를 개척한 것은 놀라운 일이지만 하필이면 그 능력이 육체에 집중된 것은 불행이었다.

리버스 오러를 막아낼 정도의 반사 신경은 가지게 되었으나 그 정도는 연격으로 날리면 해결될 문제였고 결정적으로 에테르 황제는 소드 갓의 경지에 오르지 못한 상황이었다.

"8할이라."

루스웰 공작은 너무 낙관적인 전망이 아닐까 걱정이 되었지만 카이저의 정체를 생각해 보면 딱 그 정도가 적당한 것 같기도 했다.

대륙 최고의 검사였던 존재가 자신이 이길 가능성을 2할이나 낮춘 것만 해도 꽤 많이 양보한 것이라고 말할 수 있었다.

물론 그 2할은 카이저가 예상 가능한 모든 변수를 대입하고 노파심도 어느 정도 포함되어 있을 것이다.

검사들 간의 싸움에서 7할 이상이면 예외가 없는 이상 무조건 이긴다는 말과 똑같으니 카이저는 자신의 승리를 조금도 의심하지 않고 있는 거나 마찬가지였다.

"그래, 그 정도는 되어야지."

루스웰 공작은 무거웠던 마음이 조금이지만 가벼워지는 기분이었다.

카이저와 에테르 황제가 싸우는 광경은 루스웰 공작으로서도 손에 땀이 맺힐 정도로 엄청났다.

분명 같은 그랜드 소드 마스터였지만 근본적으로 다른 존재를 보는 기분이었다.

"네테스 후작. 지금 즉시 총력을 기울여 크로이드 제국 수도에서 에리카의 흔적을 찾아내도록."

카이저가 에테르 황제를 충분히 이길 수 있다고 해도 여전히 에리카가 인질로 잡혀 있다면 아무런 소용이 없었다.

"알겠습니다."

네테스 후작 역시 그런 사실을 잘 알고 있었다.

크로이드 제국 전역에 퍼뜨려 놓은 연합군의 첩자들을 모두 동원하는 있더라도 에리카의 신변을 확보하는 게 최우선이었다.

"피로해서 그러니 이만 일어나겠습니다."

카이저가 지친 몸을 일으키자 루스웰 공작은 창밖을 보았다.

태양이 거의 모습을 감추었는지 노을도 사라지고 검은 밤이 다가오고 있었다.

"편히 쉬게나."

자신 역시 한숨 자야겠다고 생각하며 루스웰 공작은 카이저에게 인사를 해주었다.

카이저는 대회의실을 빠져나와 테라스로 향했다.

어둑한 밤의 공기가 전투를 치르면서 뜨거웠던 몸을 식혀주었다.

"에리카."

에리카의 이름을 한 번 불러본 카이저는 자신의 손을 내려다보았다.

이 손으로 가족을 구할 수 있었던 적은 단 한 번도 없었다.

강해지면 지킬 수 있을 거라고, 강해지면 행복해질 수 있을 거라고 믿었으나 결국 페네스 하임과 비교해 봤을 때 자신은 아무것도 나아지지 않았다.

'반드시.'

그렇기에 카이저는 각오를 다졌다.

달라져야만 했다.

다른 이들은 절대 가질 수 없는 두 번째 삶의 기회였다.

페네스 하임의 삶과 달라진 것이 아무것도 없다면 죽은 뒤 로델로에게 멍청이 소리를 들을지도 모르는 일이었다.

"검이 아니었다면 어땠을지 모르겠군."

문득 카이저는 자신이 검이 아닌 다른 무언가를 손에 들었다면 어떻게 되었을지 궁금해졌다.

페네스 하임이 검사가 아니라 마법사였다면?

아마 로델로의 조수나 하면서 살았을 것이다.

아니, 그 이전에 페네스 하임의 가난했던 과거로 마법사가 되는 건 불가능에 가까웠다.

하지만 카이저 데 루시오스라면 충분히 가능한 일이었을지도 모른다.

페네스 하임의 기억이 있다는 것만으로도 어지간한 마법사들과는 차별화된 방향으로 성장할 수 있었을 것이다.

"하지만 결국 복수를 할 힘을 가지지는 못했겠지."

힘이란 참으로 이상했다.

아무리 강해도 할 수 없는 게 있는데 조금만 있어도 세상 모든 것을 마음대로 할 수 있는 것처럼 보인다.

그리고 실제로 많은 사람이 그러한 착각에 빠져 살고 있었다.

"힘……"

페네스 하임 역시 입에 줄곧 달고 다녔던 단어였다.

힘이 있는 자야말로 강한 자였고, 힘이 있는 자야말로 정의였다.

나약한 것 자체로 죄라고 여겨지는 여러 불합리한 일들이 세상에는 얼마든지 널려 있었다.

가난 역시 마찬가지였다.

페네스 하임을 지긋지긋한 가난에서 벗어나게 해준 것은 다름 아닌 사람을 죽이고 손에 넣은 힘이었다.

'힘과 강함.'

힘에는 다양한 종류가 있었다.

생명체가 발휘하는 근력이나 현상이나 물질이 가지고 있는 에너지, 눈으로는 볼 수 없는 사람의 의지나 확고한 마음 등을 나타내기도 한다.

'힘을 가진 건 강하다는 것이지. 그렇다면 강하다는 건?'

힘은 곧 강함이다.

그렇다면 강함이란 무엇인가?

'모르겠군.'

한참 고민하던 카이저는 강함의 구체적인 정의를 내리지 못하고 몸을 돌렸다.

Chapter 05
기다리는 사람들

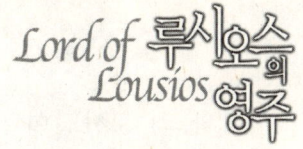

황궁으로 귀환한 에테르 황제는 곧장 근위병들부터 불러 모아 에리카를 찾아내라는 명령을 내렸다.

황궁을 지키는 최소한의 수비병을 제외한 근위병 전부가 수도를 뒤지기 시작하자 혼란이 일어났지만 에테르 황제는 전혀 개의치 않았다.

그보다 중요한 것은 에리카를 찾아내는 것이었다.

"도대체 감시를 어떻게 한 것이냐!"

에테르 황제는 직접 나서서 에리카를 찾으며 그녀의 감시를 맡았던 리아를 크게 질책하였다.

리아는 고개를 푹 숙인 채 연신 죄송하다는 말만 되풀이하였다.

하지만 그녀로서도 어쩔 수 없었다.

클라우드 공작이 배반을 한 이상 기습을 받았든 정면으로 승부를 벌였든 그녀가 상대가 될 리가 없었다.

에테르 황제 역시 그 사실은 당연히 알고 있었지만 그렇다고 그냥 넘어갈 정도로 이성적인 상태는 아니었다.

전쟁은 참패하였고 클라우드 공작이 갑자기 배신했다고 하며 에리카마저 사라져 버렸다.

마치 하루아침에 자신이 가지고 있던 모든 걸 날린 허탈한 기분이었다.

"정말 죄송합니다."

"드로이 백작! 그대 역시 짐을 실망시켰군."

한참 리아를 쪼아대던 에테르 황제는 이내 고개를 돌려 옆에 서 있는 드로이 백작으로 목표를 바꾸었다.

드로이 백작은 클라우드 공작의 배신을 가장 먼저 알아차리고 그를 가로막았으나 그랜드 소드 마스터인 클라우드 공작을 최근에 소드 마스터의 경지에 오른 그가 맞설 수는 없었다.

얼마 지나지 않아 클라우드 공작에게 패배한 드로이 백작은 그대로 정신을 놓았다가 조금 전에 마법사들의 치료를 받고 간신히 회복한 상태였다.

"면목 없습니다."

"아직 수도를 빠져나가지는 못했을 테니 어떻게든 찾아내라!"

에테르 황제는 이를 부득 갈고 주위를 둘러보았다.

그가 갑자기 모습을 드러내자 거리를 돌아다니던 이들은 남녀노소 구분하지 않고 바닥에 바짝 엎드려 있었다.

전쟁이 어떻게 흘러가는지는 모르겠지만 상대는 대 크로이드 제국의 황제였다.

일개 평민이나 농노는 물론 하급 귀족들 역시 얼굴을 대면하기 어려울 정도로 높은 위치에 있는 인물이니 이 정도의 예는 당연한 것이었다.

"폐하! 클라우드 공작의 흔적을 발견했습니다."

근방을 수색하던 근위병 무리가 다가왔다.

한 가지 특이한 점은 부상을 입은 것으로 보이는 근위병들이 그들의 부축을 받고 있다는 점이었다.

"어디냐? 어서 말하거라!"

"예. 클라우드 공작과 에리카 공주님은 황혼의 마탑으로 들어간 것으로 보입니다."

"황혼의 마탑이라고?"

아무리 숨을 곳이 없어도 그렇지 마탑으로 들어갔다는 소리에 에테르 황제는 고개를 갸웃거렸다.

하지만 자세한 이유가 어쨌든 소재지를 파악한 이상 이제 행차할 일만 남은 것이었다.

"왜 그곳으로 간 것인지는 모르겠지만 상관없겠지. 길을 안내해라!"

"충!"

에테르 황제는 근위병의 안내를 받고 황혼의 마탑으로 향하였다.

이곳은 수도이기 때문에 크로이드 제국의 황궁보다는 작게 짓는 것이 규정이었으나 황혼의 마탑의 건물은 그런 규정이 무색할 정도로 거대했다.

이는 황혼의 마탑이 황궁과 상당한 거리를 두고 떨어져 있기 때문에 가능한 일이었다.

조금만 더 건물이 가까이에 붙어 있었다면 황혼의 마탑을 다스리고 있는 마탑주 시몬은 목이 베여졌을 것이다.

"오늘은 외부인을 받지 말라는 마스터의 명령이 있어 안으로 들일 수 없습니다."

황혼의 마탑에 당도하자 미리 도착한 것으로 보이는 근위병들이 마탑의 마법사들과 실랑이를 벌이고 있었다.

"황명이네! 당장 비켜서지 못하겠는가?"

"아니, 아무리 황명이라 해도 어찌 이 같은 짓을 저지른단 말입니까? 마스터께서 크게 진노하실 것입니다."

"너희 마스터의 분노가 어찌 황제 폐하의 분노에 비할 수 있겠느냐? 냉큼 비키거라!"

근위병들을 통솔하는 지휘관으로 보이는 자가 문을 가로

막고 서 있던 마법사를 밀어내고 안으로 들어섰다.

마법사는 곤란한 얼굴로 그들을 보다가 이내 포기했는지 뒤로 물러났다.

"마스터께서 어떻게 나오든 전 책임지지 못합니다."

이미 자신은 충분한 경고를 했다며 마법사는 이후 시몬의 손에 이 근위병들이 깨지는 광경을 상상하였다.

하지만 마법사가 예상했던 광경은 나타나지 않았다.

"그건 그대가 걱정할 일이 아니다."

에테르 황제의 목소리에 마법사는 웬 놈인가 하는 표정으로 에테르 황제의 얼굴을 보았다.

그리고 입고 있는 옷과 말로만 전해 듣던 피처럼 붉은 눈동자와 머리색을 보고 기겁하였다.

"화, 화, 황제 폐하?"

"비켜라."

"아, 알겠습니다!"

근위병들과 실랑이를 벌인 것과는 대비되게 마법사는 행여 불똥이 튈까 봐 냉큼 옆으로 물러났다.

황혼의 마탑 내부로 들어선 에테르 황제는 마탑 소속의 마법사들이 우르르 몰려 나와 자신과 근위병을 주시하고 있다는 걸 깨달았다.

고작 잠깐의 소란으로 이 정도의 마법사들이 모두 모여들었을 리는 없었다.

누군가가 마법사들을 소집한 것이 분명했다.

"짐은 이 대 크로이드 제국의 황제다. 황혼의 마탑의 마탑주, 시몬 아이작은 어디에 있나?"

에테르 황제가 자신의 신분을 밝히자 마법사들은 당황한 기색이 역력한 얼굴로 한곳으로 시선을 보냈다.

그곳에는 한때 황실의 마법사들을 이끌던 시몬이 서 있었다.

"황혼의 마탑의 시몬 아이작이 황제 폐하를 뵈옵니다."

에테르 황제는 감흥 없는 얼굴로 시몬의 인사를 받은 뒤 입을 열었다.

"짐이 이곳을 방문한 용건을 굳이 말할 필요는 없을 테지. 말해라. 짐의 여동생, 에리카와 배반자 클라우드 공작은 어디에 있지?"

에테르 황제의 물음에 마법사들은 떨리는 눈길로 시몬을 주시하였다.

조금의 실수라도 생기면 반역으로 모든 마법사의 목이 달아날지도 모르는 상황이었다.

"가져오너라."

허나 시몬은 침착하게 행동했다.

다른 이들에게 황제라는 존재는 감히 얼굴을 볼 수도 없을 위대한 존재이지만 시몬은 그런 황제의 곁에 머물렀던 전 황실마법사단장이었다.

또한 선대 황제가 재위하고 있던 시절에 활동하였으니 신생 황제에게 주눅들 이유는 없었다.

에테르 황제가 그랜드 소드 마스터라고 해도 마찬가지였다.

클라우드 공작에게도 당당하던 그가 같은 그랜드 소드 마스터의 눈치를 봐야 할 이유는 어디에도 없었다.

시몬의 명령을 받은 마법사가 나무로 된 상자를 들고 나왔다.

에테르 황제는 기이한 표정으로 그 상자를 보았다.

에리카와 클라우드 공작이 어디에 있는지 물었더니 뜬금없이 상자가 튀어나온 것이다.

"열어라."

시몬의 명령에 마법사는 조심스레 상자의 뚜껑을 열었다.

"설마 그 팔은……."

에테르 황제는 나무상자 안에 들어 있는 사람의 팔을 보며 몸을 떨었다.

"클라우드 공작의 팔입니다."

"……!"

시몬의 대답에 근위병들도 눈이 휘둥그레 떠졌다.

일개 7서클 마법사에 불과한 시몬이 그랜드 소드 마스터인 클라우드 공작의 팔을 잘라 내다니?

"어떻게 된 일인지 설명하라."

"예. 반나절 전쯤에 클라우드 공작이 에리카 공주님을 데리고 저희 마탑으로 쳐들어왔습니다. 그는 저에게 수도에서 벗어날 수 있게 협조해 줄 것을 요구했고 전 그것을 거절했습니다."

시몬은 여기까지 말을 하고 잠시 뜸을 들이며 에테르 황제의 반응을 살폈다.

"계속 말해보아라."

"저에게 거절당한 클라우드 공작은 갑자기 저의 조수를 인질로 붙잡았습니다. 하지만 그 때문에 클라우드 공작에게 빈틈이 생긴 터라 저는 기습으로 클라우드 공작의 팔을 자를 수 있었습니다."

"그래서?"

"팔을 하나 잃었음에도 불구하고 클라우드 공작은 냉정하게 이성을 유지했습니다. 붙잡은 인질을 죽이거나 놓는 우를 범하지 않은 것입니다. 저는 이 제국의 국민이기도 하지만 마탑의 마스터이기도 합니다. 제 조수를 그대로 죽일 수는 없었습니다."

"결국 클라우드 공작을 수도에서 내보냈단 소리인가?"

"그렇지만 클라우드 공작도 무사하지는 못할 겁니다. 클라우드 공작이 사용한 텔레포트 마법진에 장난을 쳐놓았으니 아직 국경 부근을 떠돌고 있을 겁니다."

"……"

에테르 황제는 아무 말도 하지 않은 채 시몬을 내려다보았다.

이 말의 어디부터 어디까지가 진실이고 거짓인지 판별할 능력은 없었다.

그러나 이것 한 가지는 확실했다.

"결론만 말하자면 그대는 하찮은 마법사 하나의 목숨을 위해 대역죄인을 탈주시켰단 말이군."

"……."

섬뜩한 살기가 느껴지는 에테르 황제의 말에 시몬은 입을 굳게 다물었다.

조금만 더 이성적인 상태였다면 어떻게 넘어갈 수 있었을지도 모르지만 지금 에테르 황제는 크게 진노한 상태였다.

자신이 제아무리 7서클 마법사에 한 마탑을 이끌고 있는 몸이라고 해도 그런 건 눈에 들어오지도 않을 것이다.

'망할. 이렇게 하면 되는 거 아니었나?'

시몬은 이 사태의 원흉인 클라우드 공작의 얼굴을 떠올리며 속으로 온갖 욕을 늘어놓았다.

그렇지만 곧 자신의 목숨이 위태롭다는 걸 상기시키고 황급히 입을 열었다.

"무슨 할 말이 있겠습니까? 모두 저의 능력이 부족했기 때문입니다. 하지만 폐하, 한 번만 기회를 주신다면 제가 반드시 클라우드 공작을 잡아올 것입니다."

"클라우드 공작을 붙잡을 생각이었다면 바로 텔레포트 마법으로 쫓아갔겠지. 그대는 클라우드 공작이 어디로 갔는지 알고 있을 테니. 그럼에도 불구하고 쫓지 않았다는 것은 클라우드 공작을 일부로 놓아주었다는 것 아닌가?"

시몬은 순간 심장이 떨어지는 것 같은 철렁한 기분을 느꼈다.

정학하게 자신의 말의 빈틈을 파고드는 지적이었다.

하지만 시몬 역시 황실 마법사의 일원으로 정치판을 넘나들었고 많은 이의 눈치를 보며 살아온 시절이 있던 인물이었다.

조금도 동요하는 기색을 내보이지 않으며 시몬은 변명을 늘어놓았다.

"당치도 않은 오해입니다! 상대는 그랜드 소드 마스터입니다. 저나 마탑의 마법사들만으로는 이길 수 없습니다."

"그렇다고 할지라도 네놈은 목숨을 바쳐서라도 클라우드 공작을 막아야 했다!"

"예?"

이해할 수 없는 에테르 황제의 말에 시몬은 그제야 무언가 이상하다는 걸 깨달았다.

자신을 내려다보는 에테르 황제의 두 눈동자에는 짙은 살기와 광기가 어우러져 있었다.

"제국의 국민으로서 짐을 배반한 배반자를 놓아줬든 놓쳤

든 그 책임을 피할 수는 없을 것이다!'

에테르 황제의 외침에 근처에 있던 마법사들은 입을 쩍하니 벌리고 에테르 황제를 보았다.

'이런 미친!'

시몬은 어이가 없었지만 에테르 황제의 검이 언제 뽑혀 나와 자신의 목을 베어낼지 알 수 없었기에 섣불리 행동할 수 없었다.

'황제 놈이 드디어 미친 건가?'

완전히 막무가내였다.

능력이 부족해서 막지 못한 것이 어디 자신의 탓이던가?

물론 진실은 자신이 협력해 준 것이지만 그것과 이것은 별개의 문제였다.

"죽을죄를 지었습니다, 폐하!"

"그렇다면 죽어야지!"

에테르 황제가 당장에라도 검을 뽑아 들려는 시늉을 하자 시몬은 마른침을 꿀꺽 삼켰다.

마법을 사용해서 도망쳐야 하는지 아니면 이대로 목을 내밀어야 하는지 갈등이 이어졌다.

"폐하, 저를 죽이시면 클라우드 공작과 에리카 공주님이 어디로 갔는지 알 수 없게 됩니다."

"지금 짐을 협박하는 것이냐?"

"그런 것이 아니오라 그저 기회를……."

"닥쳐라!"

마침내 에테르 황제가 검을 뽑아 들었다.

이에 시몬은 차마 입에 담을 수 없는 엄청난 욕들을 속으로 내뱉기 시작했다.

'이 미친놈이! 미치려면 곱게 미칠 것이지 나이도 어린 애새끼가 황제라는 신분만 믿고 고삐 풀린 망아지처럼 지랄발광이야?

하지만 겉으로 보이는 시몬의 표정이 더없이 침착하고 진중하였다.

"폐하, 안 됩니다!"

뒤에서 가만히 사태를 지켜보고 있던 드로이 백작은 에테르 황제가 검을 뽑아 들자 기겁하며 앞으로 나와 에테르 황제를 말리기 시작했다.

"제발 고정하십시오. 그 역시 최선을 다하였을 것입니다."

"최선? 조수인지 뭔지 하는 한 놈 때문에 클라우드 공작을 놓아준 것이 최선이라는 말이냐?"

"폐하!"

드로이 백작은 눈앞이 깜깜해졌다.

이대로 시몬의 목을 베기라도 한다면 크로이드 제국은 그걸로 끝장이었다.

아무리 황제라고 해도 마땅한 이유도 없이 한 마탑의 마스터를 베어버린다면 다른 마탑들과 마법사들이 가만히 있을

리 없었다.

당장 중립을 지키고 있던 수많은 마법사와 전 대륙의 마탑들이 에테르 황제를 해치우기 위해 움직일 것이다.

왕국 연합군만으로도 골치 아픈 상황인데 마탑의 마법사들이 연합군에 합류한다면 그야말로 끔찍한 재앙이었다.

"게다가 뭐? 팔을 하나 베어놓고도 이길 수 없어?"

"상대는 그랜드 소드 마스터입니다. 비록 검을 잡던 팔을 잃었으나 그 실력은 여전히 막강합니다. 또 클라우드 공작은 혼자가 아니라 에리카 공주님과 함께 있었습니다."

"으아아아아!"

시몬의 변명이 다시 이어지자 에테르 황제는 괴성을 지르고 검을 냅다 집어던졌다.

딱히 마나를 사용한 것도 아니었지만 에테르 황제가 전력으로 던진 검은 그대로 천장까지 올라가 틀어박혔다.

"찾아라! 당장 에리카를 찾아내란 말이다!"

*   *   *

시몬의 도움을 받아 텔레포트 마법을 통해 수도를 빠져나온 클라우드 공작은 에리카와 함께 그라이스 왕국과 크로이드 제국의 국경이었던 곳을 지나고 있었다.

대륙전쟁 전까지만 해도 양측의 군대가 서로를 감시하며

상단들이나 오가던 장소였지만 지금은 온전히 크로이드 제국의 영토가 된 곳이었다.

"저쪽에 마을이 있습니다. 오늘은 저곳에서 쉬도록 하죠."

클라우드 공작은 국경부근이었던 곳에 있는 마을치고는 제법 규모가 큰 곳을 가리키며 말했다.

"저기는 어디죠?"

에리카는 마을이라기보다는 요새에 가까운 모습을 의아하게 여겼다.

"그라이스 왕국을 침공하기 전까지 국경수비대가 있던 곳입니다. 마을 인구의 절반 정도가 수비대였던 곳으로 지금은 숫자가 줄었겠지만 그래도 조심해야 합니다."

클라우드 공작은 마을에 대한 간단한 설명을 해주었다.

크로이드 제국이 건립되고 얼마 지나지 않은 신생국이었던 시절 자그마한 마을에 불과했던 곳이지만 그라이스 왕국이 생겨난 뒤 두 국가의 전장이 된 곳이었다.

그 때문에 근처에는 거대한 규모의 묘지가 있었고 마을 자체가 요새처럼 개발되어 있었다.

"팔은 어떤가요?"

마을이 가까워지는 동안 에리카는 클라우드 공작의 허전한 팔을 보았다.

검을 사용하는 기사로서 팔을 자른 그의 행위가 어떤 무게를 지니고 있는지 마법사인 시몬조차 잘 아는데 검사인 에리카가 모를 리 없었다.

자신의 생명을 버린 거나 마찬가지였다.

"괜찮습니다. 통증도 꽤 가라앉았고 팔 하나 없다고 사람은 죽지 않습니다."

그 말에 에리카는 문득 가렌스를 떠올렸다.

루시오스 백작가의 가신들 중 하나인 가렌스는 에리카가 카이저에게 거두어지기 전, 카이저의 아버지인 카일 데 루시오스 남작을 따랐던 기사였다.

그는 암살자들의 독이 발려진 무기에 상처를 입어 팔을 자를 수밖에 없었다.

하지만 에리카의 기억에 가렌스가 팔을 잃었기 때문에 절망했던 적은 한 번도 없었다.

가렌스에게는 목표가 있었기 때문이다.

그것이 복수라는 건 조금 그렇지만 목표가 있었기에 가렌스는 아쉬워할지언정 절망하지 않았다.

지금 클라우드 공작이 자신의 팔을 스스로 잘라내고 기사로서의 수명이 끝나버렸음에도 절망하지 않는 것 역시 같은 이유일 것이다.

에테르 황제를 위해, 아니면 크로이드 제국을 위해.

어느 쪽이든 클라우드 공작은 자신이 옳다고 생각한 일을 위해 목숨을 내걸었다.

"치료를 받고 왔으면 좋았을 텐데요."

에리카는 황혼의 마탑의 마스터인 시몬을 생각하며 말했다.

7서클 마법사라면 그레고리 후작이 죽은 지금 대륙 최고의 마법사들 중 하나이니 팔을 다시 붙일 수는 없어도 출혈을 막고 고통을 완화시켜주는 정도는 가능했을 것이다.

"저 때문에 지체할 시간은 없습니다."

마을이 가까워지자 클라우드 공작은 긴장한 얼굴로 입구에 서 있는 병사들을 보았다.

그들이 자신의 얼굴을 알아볼 가능성은 극히 낮았지만 입고 있는 복장은 충분히 수상하게 여길 만했다.

이럴 줄 알았으면 시몬에게서 새 옷도 받아두는 거였다며 뒤늦은 후회가 밀려왔지만 어쩔 수 없는 일이었다.

"멈추어라."

병사들은 창을 겨누며 클라우드 공작과 에리카를 멈춰 세웠다.

"신분패를 보여라."

"신분패는 몬스터의 습격으로 잃어버렸소. 덤으로 내 팔까지."

클라우드 공작은 피가 흥건하게 묻어 있는 잘려 나간 소매를 내보였다.

이에 병사들의 표정이 잔뜩 일그러졌다.

에리카가 지혈을 해놨지만 이미 튀어나온 피들이 그대로

말라붙은 상태였다.

이대로 방치해 두면 상처가 벌어지거나 2차 감염이 발생할 지도 모를 일이었다.

"거참 안 됐군. 빨리 들어가서 치료나 받으시오."

"고맙소."

병사가 순순히 길을 열어주자 클라우드 공작은 피식 웃었 다.

전쟁 도중에 이렇게 낯선 자를 순순히 받아들여주는 건 피 해야 할 행동이었지만 안으로 들어가는 입장에서는 병사의 이런 행동이 고맙게 여겨졌다.

"멈춰라."

하지만 클라우드 공작을 들여보내준 병사들은 창을 교차 시키며 에리카를 막아 세웠다.

"그 아이는 내 일행이오."

"일행? 관계가 어떻게 되지?"

병사는 에리카의 얼굴을 빤히 보았다.

입고 있는 옷도 꽤 고급스러운데다가 풍기고 있는 분위기 가 아무리 보아도 보통 사람은 아닌 것 같았다.

"며느리요. 이제는 과부가 되었지만."

"……."

에리카는 자신을 순식간에 과부로 만들어버린 클라우드 공작을 멍하니 바라보았다.

하지만 병사들에게는 확실히 효과가 있었는지 그들은 창을 거두었다.

연합군의 반격이 이어지기 전까지만 해도 크로이드 제국군은 연전연승을 하였고 새로 손에 넣은 그라이스 왕국의 영토는 방대하였다.

거기에 맞춰 이주를 시작한 가족들은 그리 보기 드문 게 아니었다.

병사들은 클라우드 공작이나 에리카 역시 그런 이유로 가족들끼리 함께 이주를 했을 거라고 생각했고 그 과정에서 둘만 살아남은 걸로 추측했다.

"힘내시오."

병사는 진심으로 안타깝다는 표정을 지으며 에리카를 위로해 주었다.

"감사합니다."

이에 에리카는 억지로 밝게 웃는다는 느낌이 드는 작위적인 미소를 지어 답하고 클라우드 공작을 따라 마을 안으로 들어갔다.

"참 안타까운 일이군. 사람 인생은 어떻게 될지 모른다니까."

"그러게 말이야."

클라우드 공작과 에리카가 들어가자 병사들은 자신들끼리 대화를 나누었다.

"그런데 아까 그 아가씨, 꽤 특이하지 않았어? 어두워서 확실하지는 않지만 머리색이나 눈동자가 빨간 거 같던데?"

한 병사의 말에 어느 정도 거리가 떨어졌지만 발달된 감각으로 그들의 대화를 엿들은 클라우드 공작과 에리카의 표정이 살짝 굳어졌다.

"그게 뭐 어떻다는 거야?"

"아니, 분위기가 신비롭다고 해야 하나, 꼭 귀신에 홀린 거 같아서."

"그럼 우리가 귀신이라도 봤다는 거냐?"

"그렇지만 이상하잖아? 입고 있는 옷을 보니 부자인 것 같은데 둘 다 허리에 검을 차고 있었고……."

그 병사는 다른 병사들이 미처 보지 못했던 부분들에 대해 이야기해 주고 있었다.

입고 있는 옷과 허리에 차고 있는 검은 도저히 어울리지 않았다.

클라우드 공작과 에리카는 속도를 내 서둘러 모습을 감췄다.

"귀신이 어디에 있다고. 봐봐, 저쪽에 멀쩡히 걸어가고 있잖아?"

절대 귀신이란 존재하지 않는다는 확고한 믿음을 가진 병사가 뒤를 가리키며 말했지만 그곳에 클라우드 공작과 에리카의 모습은 보이지 않았다.

다른 병사들의 표정이 기이하게 변화는 걸 본 그 병사 역시 뒤를 돌아보고 안색이 창백해졌다.

"어, 없어?"

"벌써 들어간 건가? 아니, 그 정도로 시간이 많이 흐른 건 아닌데?"

"진짜 귀신인가?"

병사들은 얼빠진 얼굴로 마을 내부를 바라보았다.

어쩐지 오늘따라 짐승의 울음소리가 유난히 크게 들려오는 것 같았다.

에리카는 숙식 문제를 우려했지만 의외로 숙식 문제는 간단히 해결되었다.

클라우드 공작이 자신이 가지고 있던 금품들을 팔아 돈을 마련한 덕분이었다.

돈이 생기자 클라우드 공작은 여관에 방을 잡고 잘린 팔의 치료를 위해 마법사를 찾아갔다.

에리카는 클라우드 공작과 함께 움직이려고 했지만 에테르 황제가 마법사에게 연락을 전했을지도 모른다는 이유로 클라우드 공작이 이를 거절했다.

"하아."

어떻게든 오늘 하루는 무사히 보낼 수 있을 것 같다는 사실에 에리카는 안도하였다.

"얼마 남지 않았어."

다시 돌아갈 수 있다는 사실이 기쁘면서도 에리카는 못내 씁쓸한 마음이 들었다.

자신의 오빠인 에테르 황제와의 관계는 상당히 망가진 상태였다.

에테르 황제의 마음을 전혀 이해 못하는 건 아니었으나 솔직히 말해 에리카는 에테르 황제라는 존재가 무서웠다.

특히 휘하의 기사에게 망설임없이 검을 휘두르는 모습을 보고 나서는 더욱 그랬다.

'잘될 수 있을까?'

클라우드 공작은 에리카 자신의 말 때문에 이 전쟁을 멈출 수 있을 거라는 가능성을 보았다.

그런데 만약 자신이 돌아가고 나서도 전쟁이 멈추지 않는다면 클라우드 공작으로서는 크게 상심할 것이었다.

하지만 일단 상심하기 위해서는 살아남아야 하는데 연합군의 입장에서도, 에테르 황제의 입장에서도 클라우드 공작을 죽이려들 가능성이 높았다.

그나마 연합군은 카이저와 루스웰 공작이 있으니 어떻게 설득이 가능하겠지만 크로이드 제국은 전혀 아니었다.

에테르 황제가 마음을 바꾸지 않는다면 결국 에테르 황제는 연합군의 손에 죽을 수밖에 없었다.

"아니야, 잘될 거야."

에리카는 스스로를 다독였다.

잘되어야만 했다.

클라우드 공작의 가문은 아마 지금쯤 풍비박산이 났을 것이고 황혼의 마탑의 시몬 역시 어떻게 되었을지 장담할 수 없었다.

그러니 무조건 좋은 결과가 나와 줘야 했다.

"들어가도 되겠습니까?"

문을 두드리며 클라우드 공작의 목소리가 들려오자 에리카는 반색하며 답했다.

"들어오세요."

에리카의 허락에 클라우드 공작은 하나뿐인 손에 한 아름 무언가를 집어 들고 안으로 들어왔다.

"실례하겠습니다."

"치료는 잘됐어요?"

"예. 마법사의 솜씨가 좋아 잘 끝났습니다. 그보다 이걸로 갈아입으시지요."

"옷인가요?"

에리카는 클라우드 공작이 내민 옷 꾸러미를 받아들었다.

확실히 지금 입고 있는 옷은 눈에 띄기도 하고 클라우드 공작의 경우 피도 묻어 있어 새 옷이 필요했다.

"공주님의 정확한 사이즈를 몰라 잘 맞지는 않겠지만 양해해 주시기 바랍니다."

"아니요. 고마워요."

"그럼 옆방에 있을 테니 필요한 게 있으면 불러주십시오."

클라우드 공작은 정중하게 허리를 숙이고 방을 나서기 위해 몸을 돌리려고 했다.

에리카는 그런 클라우드 공작을 붙잡았다.

"저기……."

"무엇입니까?"

"솔직히 아직 이 방법이 성공할 수 있을지 모르겠어요. 클라우드 공작은 죽는 게 두렵지 않으세요?"

"죽음은 두렵지 않습니다."

클라우드 공작은 담담한 어조로 말했다.

"하지만 제 죽음이 의미 없는 희생이 되는 건 두렵습니다. 에리카 공주님을 끝까지 보필하지 못하고 죽을까 두렵고, 황제 폐하께서 제 뜻을 알아주지 못할까 두렵고, 그로인해 제국민들이 더 많은 피를 흘릴까 두렵습니다."

에리카로부터 에테르 황제를 원망하지 않겠다는 약조를 들었으나 사실 클라우드 공작은 에리카가 그 말을 지킬지도 확신하지 못했다.

모든 것이 불확실했고 모든 것이 도박이었다.

클라우드 공작은 자신의 인생에서 가장 위험한 내기를 하고 있었다.

이긴다고 할지라도 한 번 황제를 배신하였다는 불명예는

평생 떠안아야 할 것이다.

하지만 내기에서 진다면 자신이 가진 모든 걸 잃어야 했다.

"그런데 어떻게 이런 일을 하실 수 있는 거죠?"

"전 믿습니다. 폐하께서 제 충의를 알아주실 거라는걸."

에테르 황제를 믿기 때문에 클라우드 공작은 자신의 모든 걸 내건 도박을 벌일 수 있었다.

"클라우드 공작 같은 분이 오라버니의 곁에 있어서 다행이에요."

에리카는 클라우드 공작이 얼마나 에테르 황제를 신뢰하는지 알고 미소 지었다.

자신은 베네시아 왕국으로 돌아갈 수밖에 없는 몸이었다.

하지만 클라우드 공작이 에테르 황제의 곁에 남아준다면 안심할 수 있을 것 같았다.

"저 역시 공주님께서 폐하의 여동생이라 다행이라고 생각합니다."

*   *   *

그라이스 왕국의 수도로 5만에 가까운 대군이 다가왔다.

카이저는 성벽 위에서 서문으로 다가오는 상대를 확인하였다.

에오스 왕국의 2차 지원군이었다.

"5만이라."

지금 이 자리에 있는 연합군과 합치게 되면 거의 10만에 가까운 병력이었다.

얼마 지나지 않아 베네시아 왕국의 2차 지원군도 도착할 테니 그때가 되면 잠시 지연되고 있는 이 전쟁을 다시 재개할 수 있을 것이다.

"병력이나 보급 걱정은 안 해도 되겠군."

크로이드 제국이 혹시 보급이나 후속부대를 노리지 않을까 걱정했지만 이번에 입은 피해가 상당해 그런 계획은 시도조차 못한 것으로 보였다.

이는 그라이스 왕국까지 안전한 보급로가 확보되었다는 소리였다.

병력을 추슬러서 보급로를 차단하려 들 가능성도 있었지만 그것 역시 걱정할 필요는 없었다.

크로이드 제국이 병력을 후방에 배치한다면 연합군은 바로 크로이드 제국의 영토를 공격해서 약탈을 시작하면 그만이었다.

그나마 아직까지는 동맹국인 그라이스 왕국의 영토였기에 약탈이 벌어지지 않고 있었지만 장시간 전쟁을 경험한 병사들이 약탈을 언제까지 참고 있을 수는 없었다.

그렇기에 가급적 빠르게 전쟁을 끝낼 필요가 있었다.

'가능하면 약탈까지 벌이는 일은 없었으면 좋겠군.'

약탈에도 여러 종류가 있었다.

작게는 식량을 빼앗는 것이지만 농노나 평민의 경우 식량을 뺏기는 것만으로도 큰 타격이었다.

하지만 보통의 약탈은 돈이 될 만한 재산까지 모조리 가져가 버리고 심할 경우 식량이나 금품을 넘어서서 목숨을 빼앗거나 노예로 부리기 위해 끌고 가는 경우도 있었다.

전자의 경우는 몰라도 후자의 경우는 가급적 피하고 싶었다.

딱히 크로이드 제국의 백성들을 위해서는 아니었다.

전쟁의 참상은 처참하게 죽은 시신에서 끝나는 것이 아니라 살아남은 사람들의 빈곤하고 끔찍한 삶으로까지 이어지는데 에리카가 그런 걸 알지 못했으면 하는 생각이 들었다.

'죽은 사람은 슬프지 않지.'

만약 전쟁에서 패배할 거라면 차라리 전장에서 죽는 게 다행일지도 모른다.

살아남은 사람들이 이후 겪게 될 끔찍한 고통에 비한다면 말이다.

"백작 각하!"

자신을 부르는 목소리에 카이저는 상념에서 깨어났다.

코발트였다.

"무슨 일이냐?"

"속히 대회의실로 모이라는 총사령관 각하의 명령입니다."

"루스웰 공작 각하께서?"

에오스 왕국의 2차 지원군을 맞이하라고 할 때는 언제고 그들을 맞이하기도 전에 돌아오라는 명령에 카이저는 의문을 가졌다.

"그럼 에오스 왕국의 병력은 누가 맞이하나?"

사실 연합이라고 해도 타국의 인물인 카이저가 직접 맞이하러 나올 필요는 없었다.

하지만 루스웰 공작은 자신의 후계자가 될 카이저의 입지를 공고히 할 생각으로 직접 마중을 하라고 명령을 내렸었다.

공식적으로 내려진 명령이었기에 불만이 있었음에도 불구하고 카이저는 직접 성벽으로 나와야만 했다.

"아틀라스 후작 혼자로 충분할 거라는 말씀이 있었습니다."

코발트의 말에 카이저는 힐끔 성벽 아래쪽에서 환영 준비를 하고 있는 아틀라스 후작을 보았다.

하긴, 조국의 군대이니 아틀라스 후작이 맞이하는 것이 옳았다.

"그럼 가봐야겠군."

카이저는 미련 없이 몸을 돌렸다.

어차피 원하지도 않던 일을 루스웰 공작이 시켜서 하게 된 것뿐이다.

얼굴도, 이름도 모르는 타국의 귀족들을 맞이하며 가식적인 미소를 짓는 것보다는 루스웰 공작과 대화를 나누는 게 더 유익할 거라는 판단이 내려졌다.

대회의실에는 베네시아 왕국의 인물들만 자리해 있었다.

아틀라스 후작은 지원군을 마중하러 나간 상태였고 티르 백작은 아직까지 복원을 위해 바쁘게 뛰어다니고 있었다.

머리만 쓰는 문관 귀족이라면 이 자리에 있었겠지만 티르 백작은 마법사였기에 직접 두 발로 뛰며 복원을 거들고 있었다.

"어서 들어와 앉게."

루스웰 공작은 아무런 인사조차 하지 않은 채 카이저에게 앉으라고 재촉하였다.

이에 카이저는 불길한 느낌을 받고 서둘러 자리에 착석했다.

루스웰 공작이 갑자기 불러들인 것도 그렇고 자신에게 제대로 눈길을 주지도 않고 서두르는 걸 보면 중요한 소식이 있는 게 틀림없었다.

"무슨 일입니까?"

"조금 전에 마탑에서 연락이 왔네."

"창공의 마탑에서 말입니까?"

"아니, 황혼의 마탑이었네."

황혼의 마탑.

낯선 이름이 튀어나오자 카이저는 고개를 갸웃거렸다.

베네시아 왕국에 그런 이름을 가진 마탑은 없었다.

"어디에 있는 마탑입니까?"

"크로이드 제국에 있는 마탑이네."

답변을 들은 카이저의 표정이 기이하게 변했다.

아무리 중립이라고는 하지만 본부가 속한 국가와 전쟁 중인 적국에 통신을 보내는 것은 쉬이 넘길 수 없는 문제였다.

이는 반역도로 몰려 처형당할 수도 있는 위험한 행동이었다.

"그곳에서 저희에게 무슨 일로 연락을 했다는 말입니까?"

"에리카와 클라우드 공작의 소식이네."

"…말씀해 주십시오."

에리카의 이름이 튀어나오자 카이저는 의문을 지우고 차갑게 가라앉은 분위기로 자세한 내용을 물었다.

"황혼의 마탑의 마스터, 시몬 아이작이라는 자가 말하길 자신이 에리카와 클라우드 공작을 제국의 수도에서 탈주시켰다는군."

에리카가 크로이드 제국의 수도를 벗어났다는 말에 카이저는 크게 놀랐다.

"탈주라니, 어디로 말입니까?"

"그라이스 왕국과 크로이드 제국이 전쟁을 벌이기 전의 국경부근이네. 장거리 텔레포트 마법인데 직접 움직이지는 않아 정해진 좌표에 정확히 떨어졌을 가능성은 낮다더군."

자세한 것은 확인해 봐야 알겠지만 에리카가 정말로 수도를 탈주하는 데 성공했다면 이는 희소식이었다.

하지만 카이저는 냉정하게 상황을 분석했다.

"이유는요? 중립을 고수해야 하는 마탑이 저희를 도울 이유가 있습니까?"

"그것까지는 아직 확인되지 않았네. 하지만 아마 전쟁에서 패배하고 자신들에게 화를 미칠까 걱정하고 있는 거겠지. 기득권을 유지하기 위해서."

"고작 그런 이유로 당장 목이 달아날 짓을 한다는 말입니까? 더구나 수도에서 에리카가 사라졌다면 마탑이 가장 먼저 의심받을 텐데?"

"그 의문에 대한 답은 에리카가 돌아오고 나면 알 수 있을 걸세."

"이 정보가 진짜라면 말입니다."

"그래, 그렇지. 일단 이 정보의 진위를 파악하는 데 집중해야겠네. 크로이드 제국 수도에 파견한 첩자들이 보내는 정보도 대조해봐야 할 테고."

"바쁘겠군요."

"자네가 대신할 텐가? 에리카를 찾는 일인데……."

루스웰 공작은 얼마나 많은 일을 해야 할지 벌써부터 몸이 무거워지는 것 같아 카이저에게 은근슬쩍 떠넘기려고 하였다.

하지만 루스웰 공작의 의도를 파악한 카이저는 호락호락 당하지 않았다.

"전 저만의 방식으로 하겠습니다. 공작 각하께서도 그 위치에 맞는 방법으로 에리카를 찾아주십시오."

"너무하는군."

"꼭 부탁드리겠습니다."

카이저가 허리까지 숙이며 간곡히 부탁하자 루스웰 공작은 혀를 찼다.

"알았네. 나가보게."

"그럼."

카이저가 뒤도 안 돌아보고 대회의실을 빠져나가자 루스웰 공작은 천장을 올려다보았다.

사람에게는 저마다 어느 정도 타고난 한계가 있다.

루스웰 공작은 최근 그것을 뼈저리게 느끼고 있었다.

늦게 검을 잡았음에도 불구하고 그랜드 소드 마스터의 경지에 오른 천재이지만 페네스 하임의 기억이 있는 카이저나 괴물이라는 말밖에 안 떠오르는 에테르 황제와 비교하자면 자신은 너무나 초라했다.

"아무리 천재라도 퇴물이라는 건가?"

하지만 마음만은 든든했다.

카이저가 자신의 뒤를 이어준다면 가문도, 왕국도 모두 평화로운 한 세대를 보낼 수 있을 것이다.

"부디 무사히 돌아오너라."

물론 그러기 위해서는 에리카가 무사히 돌아와야 한다는 전제가 붙어 있었다.

루스웰 공작은 에리카가 하루 빨리 돌아오기를 빌었다.

Chapter 06
재회

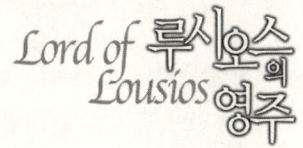

Lord of Lousios 루시오스의 영주

클라우드 공작과 에리카가 수도를 벗어나고 2주 정도의 시간이 흘렀다.

그사이 클라우드 공작과 에리카를 잡기 위한 추격자들이 구성되었지만 그들은 클라우드 공작과 에리카의 뒷모습조차 볼 수 없었다.

그도 그럴 게 클라우드 공작은 비록 팔 하나를 자르기는 했지만 그랜드 소드 마스터였고 에리카 역시 오러 마스터 최상급의 경지에 오른 검사였다.

설령 말을 타고 따라온다고 할지라도 충분히 따돌릴 자신이 있었다.

"오늘은 이곳에서 쉬도록 하지요."

클라우드 공작은 갈대밭 근처에 있는 사람 키를 가볍게 넘기는 바위 뒤편에 자리를 잡으며 말했다.

갈대밭이라고 해도 군대가 한 번 짓밟고 지나간 지역이라 대부분이 꺾이고 짓이겨져 제 구실을 못하는 곳이었다.

이곳이 자연적으로 과거의 모습을 찾으려면 못해도 몇 년은 지나야 할 것 같았다.

"드시겠습니까?"

클라우드 공작은 품에서 깨끗한 천으로 둘러싸고 있던 음식을 건넸다.

딱딱한 육포와 멍이 들어 볼품없는 과일이었지만 클라우드 공작과 에리카가 가지고 있는 유일한 식량이었다.

"저보다 클라우드 공작께서 드시는 게 좋을 것 같아요."

이곳까지 오면서 클라우드 공작은 거의 음식을 섭취하지 않았다.

최대한 식량을 많이 가지고 움직인다고 해도 보름이 넘는 시일 동안 버티기는 어려웠다.

그렇기에 클라우드 공작은 최대한 식사를 줄였다.

힘들게 뛰어야 하는 낮에 미량을 섭취하고 밤에는 목에 물만 적신 것이다.

남아 있는 식량은 잘 해봐야 내일 낮이면 없어질 테니 당분간 굶는 수밖에 없었다.

식량을 구하려고 한다면 못 구할 것도 없지만 전쟁을 빨리 끝내기 위해 클라우드 공작은 시간을 지체하는 일은 피하고 있었다.

"저는 괜찮습니다."

클라우드 공작은 마지막 남은 식량들을 다시 싸서 품에 넣었다.

사흘을 굶는 건 그리 어려운 일이 아니었다.

달리면서 계속 체력이 소모되기는 하겠지만 명색이 그랜드 소드 마스터였기에 충분히 해낼 자신이 있었다.

에리카와 클라우드 공작 사이의 대화가 끊어졌다.

지난 2주 동안 이 이야기 저 이야기를 나누다 보니 이제 더 이상 대화를 나눌 만한 마땅한 주제가 없었다.

더구나 에리카의 몸 상태가 좋지 않음을 알게 된 클라우드 공작은 애써 말을 걸려고 하지도 않았다.

그렇게 가만히 시간을 보내고 있을 무렵이었다.

"모닥불이라도 준비할까요?"

"하지만 불을 피우면……."

"괜찮습니다. 제국군이 그라이스 왕국의 수도에서 후퇴했다면 저쪽으로 지나갔을 테니."

클라우드 공작은 손을 들어 갈대밭 측면에 있는 산을 가리켰다.

뒷동산 수준의 나지막한 산이지만 불을 피우면 밤하늘에

연기가 가려져 보이지 않을 위치였다.

이에 에리카는 동의하는 뜻으로 고개를 끄덕였다.

모닥불을 피우기로 정해지자 클라우드 공작은 주위를 돌아다니며 잔가지를 주워왔다.

평생을 귀족으로 살아왔지만 병사들이 어떻게 불을 피워내는지는 익히 보아왔었기에 나뭇가지들을 준비하는 건 어려운 일이 아니었다.

하지만 곧 클라우드 공작은 불을 피워야 하는 난관에 봉착했다.

병사들이 어떤 방식으로 불을 피우는지 자세히 기억도 나지 않을뿐더러 부싯돌로 쓸 만한 돌이 어떤 것인지 알지 못했다.

할 수 없이 아무 돌이나 가져다가 부딪쳐 봤지만 돌이 부서질 뿐이었다.

"으음."

한손만으로는 힘 조절이 제대로 되지 않는다는 걸 깨달은 클라우드 공작은 고개를 갸웃거렸다.

숙련된 병사들은 몇 번 부딪치지 않아도 바로 불을 붙이던데 20번 넘게 시도를 해봐도 번번이 실패했다.

그 모습을 가만히 지켜보던 에리카가 대신 나서서 부싯돌을 찾아 부딪쳤다.

"톱밥을 만들어서 하면 불이 더 잘 붙어요."

"아, 그렇군요."

에리카가 그리 어렵지 않게 불을 피워내자 클라우드 공작은 감탄함과 동시에 도대체 에리카가 어디서 이런 걸 배웠나 하는 의문이 들었다.

에리카의 과거 행적은 루시오스 남작가의 총기사단장이었다는 것이 클라우드 공작이 알고 있는 전부였다.

총기사단장 정도 되는 위치이면서 설마 직접 불을 피우지는 않았을 테니 어깨너머로 배운 거라는 소리인데 그런 것치고 에리카는 너무 능숙했다.

"능숙하시군요?"

"영주님께서 생존훈련을 시키셨거든요."

"생존훈련이라면……."

클라우드 공작의 안색이 창백하게 변했다.

생존훈련이라면 병사들이 실시하는 정규훈련 중 하나였다.

어딘가에 고립되었을 때 살아남기 위해 식량을 구하는 방법과 은신처를 만드는 방법, 불을 피우는 방법 등을 가르치는 훈련의 꽃이라고 불리는 것 중 하나였다.

문제는 모든 병사가 이 훈련을 실제 전쟁만큼이나 끔찍하게 여긴다는 것이었다.

에리카의 신분을 생각해 봤을 때 카이저가 제정신인지 의심되는 훈련이었다.

"보통 훈련과는 조금 달라요. 영주님이 약간 개량하셨거든
요."

"아, 그렇습니까?"

클라우드 공작은 에리카의 개량했다는 말을 난이도를 대
폭 낮췄다는 말로 이해했다.

하지만 에리카가 이야기한 개량은 난이도가 훨씬 올라갔
다는 의미였다.

보통 생존훈련은 개인이나 부대가 자력으로 생존하는 것
이었지만 카이저가 실시한 생존훈련은 주위에 몬스터들도 많
은데다가 부대를 나눠서 상대 부대를 공격하도록 명령을 내
렸다.

부대들끼리 서로 연합하고 배신하며 식량을 빼앗는 등 지
금 생각해도 치가 떨리는 훈련이었다.

에리카의 경지상승 속도가 워낙 빨라 에리카의 15번째 생
일이 지난 뒤에는 없어진 훈련이었지만 에리카는 아직도 그
훈련을 받을 때의 기억이 가끔 떠올랐다.

"그 훈련은 어땠습니까?"

"많이 힘들었어요. 그래도 지금 생각해 보면 재미있는 시
간이었던 것 같아요."

"다행이군요."

그것을 끝으로 대화가 끊겼다.

에리카는 바위에 기대 두 눈을 감았고 클라우드 공작은 맞

은편에서 불이 꺼지지 않게 나뭇가지들을 몇 개 집어넣었다.

그렇게 얼마쯤 흘렀을까, 클라우드 공작은 자신들이 있는 곳으로 다가오는 기척을 느꼈다.

"......"

아직 에리카는 알아차리지 못한 듯 잠을 자고 있었고 다가오는 기척들은 엉성하기 그지없었다.

사람인 건 확실했지만 크로이드 제국의 추격자로는 느껴지지 않았다.

'누구지?'

클라우드 공작은 검을 들고 고개만 바깥으로 살짝 내밀어 바위 너머를 살폈다.

크로이드 제국군 소속의 병사들로 보이는 무리가 다가오고 있었다.

접근해오는 방향도 그렇고 입고 있는 복장으로 보아 추격대는 아닌 것으로 보였다.

'정찰대인가? 아니, 정찰대라면 말을 타고 있어야 하는데 말은 없군.'

클라우드 공작은 예리한 눈길로 그들을 주시했다.

숫자는 대략 30명 안팎으로 꽤 수척해진 이들이었다.

물론 클라우드 공작 자신도 그리 보기 좋은 몰골은 아니었기에 뭐라고 할 처지는 되지 못했다.

"거기 누구 있소?"

클라우드 공작이 내밀었던 고개를 다시 숙이고 상대의 정체에 대해 고민하고 있을 때, 병사들이 바위 너머에서 피어오르는 연기와 불빛을 보고 다가오기 시작했다.

클라우드 공작은 싸워야 하나 말아야 하나 고민하였다.

그러나 곧 말단병사는 자신의 얼굴을 알아보지 못할 거라는 생각이 들었다.

딱히 간부로 보이는 지휘관도 없었고 복장도 달라졌으니 못 알아볼 가능성도 충분히 있었다.

"공주님, 일어나십시오."

클라우드 공작은 조심스레 에리카를 깨웠다.

"무슨 일이죠?"

"제국의 병사들입니다."

클라우드 공작의 말에 에리카는 깜짝 놀라며 서둘러 검을 찾았다.

"안심하십시오. 추격자들은 아닌 것 같습니다."

"추격자가 아니라면?"

"제 예상이기는 하지만 아무래도 탈영병들인 것 같습니다."

어느 전장에서거나 전투를 피해 도망치는 탈영병은 존재하게 마련이었다.

그나마 사기가 높은 군대라면 탈영병이 적겠지만 연이어 패전을 겪고 있는 제국군은 사기가 바닥이나 마찬가지였다.

병사들이 탈영했을 가능성은 얼마든지 있었다.

"그럼 어떻게 하죠?"

"일단 얼굴을 가리십시오."

클라우드 공작의 말에 에리카는 옷 뒤에 달린 모자를 깊게 눌러썼다.

"대화는 제가 하겠습니다. 공주님은 얼굴이 들키지 않게 주의해 주십시오."

"네. 부탁드릴게요."

에리카가 준비를 마치자 클라우드 공작은 바위 위로 올라섰다.

"너희는 누구냐!"

"우린 대 크로이드 제국의 병사들이다!"

병사들 중 리더로 보이는 인물이 앞으로 나와 당당하게 소리쳤다.

클라우드 공작은 혹시 자신을 알아볼 만한 상대가 있지는 않을까 경계하며 병사들의 얼굴을 찬찬히 살펴보았다.

다행히 전부 얼굴을 모르는 말단이었다.

"병사들이 이곳에는 무슨 일이지?"

"그건 네놈이 알 바가 아니다."

평소라면 얼굴조차 마주치지 못할 신분의 격차가 있었지만 설마 클라우드 공작이 이런 곳에 있을 거라고는 꿈에도 모르는 병사들은 클라우드 공작을 용병이나 여행자 정도로 착각하였다.

그들은 클라우드 공작이 있는 바위 앞까지 성큼성큼 다가왔다.

"먹을 만한 식량이 있다면 나눠주면 좋겠군."

분명 나눠달라는 말이었지만 분위기로 보아 주지 않겠다면 힘으로 빼앗을 것 같았다.

하지만 클라우드 공작은 남아 있는 식량을 나눠줄 생각이 전혀 없었다.

가뜩이나 양이 적은데 남은 식량마저 뺏기면 연합군을 만나기 전까지 계속 굶어야만 했다.

"공교롭게도 식량은 모두 떨어졌다."

"그래?"

리더로 보이는 병사는 클라우드 공작의 말에 피식 웃더니 뒤에 서 있는 병사들에게 눈짓으로 신호를 보냈다.

이에 병사들은 클라우드 공작을 지나쳐 모닥불 앞으로 다가갔다.

"한 명이 더 있었군."

에리카는 얼굴, 특히 눈과 머리칼이 보이지 않게 조심했다.

"불을 빌려도 되겠지?"

불을 빌린다면서 병사들은 어느새 모닥불을 둥글게 둘러싸고 자리에 앉고 있었다.

클라우드 공작은 어이가 없었지만 괜한 충돌을 일으킬 필요는 없다고 판단하고 에리카를 이끌었다.

"원한다면 이곳을 사용해라. 우린 다른 곳을 찾아볼 테니."

"그거 고맙군."

클라우드 공작은 더 이상 그들을 상대하고 싶지 않았기에 에리카와 함께 등을 돌려 그곳을 벗어나려고 했다.

하지만 리더로 보이는 병사는 끈질겼다.

"그런데 당신 옆에 있는 자. 혹시 여자 아닌가?"

"여자?"

"여자라고?"

눈썰미 좋은 그의 말에 병사들의 시선이 하나둘 에리카에게로 향했다.

클라우드 공작은 혀를 차며 그를 노려보았다.

"아직 어린 소년이라 착각한 모양이군."

"남자라고? 그런 것치고는 손목이 너무 가는데? 게다가 왜 그렇게 우리들과 눈을 마주치는 걸 피하려고 하는 거지?"

"경고하겠는데 우리들을 이 이상 건드리지 마라."

"하하하하!"

클라우드 공작의 경고에 그는 큰소리로 웃었다.

그가 웃기 시작하자 다른 병사들 역시 음흉한 미소를 지으며 자리에서 일어났다.

그런 그들의 손에는 창과 검 등의 병장기가 들려 있었다.

"당신 같은 늙은이한테는 볼일 없어. 내가 여자 보는 눈이 조금 있어서 아는데 꽤나 미인인 모양이군. 도대체 왜 이런 장소에 팔 한쪽을 잃은 늙은이와 예쁜 여자가 있는 걸까?"

"상대할 가치도 없군."

클라우드 공작은 에리카의 손을 붙잡고 서둘러 그 장소를 벗어나려고 했다.

"어이, 멈춰. 누가 가도 좋다고 했지?"

"내가 네까짓 놈들의 허락을 받아야 하나?"

"아니, 그건 아니지. 좋아. 당신은 꺼져도 돼. 하지만 그 여자는 놓고 가줘야겠어."

"네놈, 죽고 싶은 거냐?"

클라우드 공작은 살벌한 얼굴로 그를 노려보았다.

비록 팔 하나가 없다고 하지만 그랜드 소드 마스터의 경지에 오른 클라우드 공작이었다.

왼손을 사용한다고 해도 30명 정도의 병사를 죽이는 건 전혀 어려운 일이 아니었다.

"하나밖에 없는 팔로 우리들을 상대하기라도 하겠다는 건가? 웃기는군."

병사들이 흉흉한 기색을 보이자 클라우드 공작은 검을 뽑으려고 했다.

하지만 이내 클라우드 공작은 갈대밭 너머에서 다가오는 진동을 느끼고 병사들로부터 시선을 떼어냈다.

"음?"

상대가 갑자기 자신들을 외면하고 갈대밭을 바라보자 병사들은 의아한 얼굴로 클라우드 공작을 따라 고개를 돌렸다.

"아무것도 없⋯⋯."

두두두두!

아무것도 없다고 말하려던 리더로 보이는 병사는 대지를 두드리는 뜀박질 소리에 표정이 굳어졌다.

이 진동은 전쟁터를 경험한 그에게 익숙한 소리였다.

철컥!

그는 무기를 굳게 쥐고 바위 위로 올라가 갈대밭 너머를 확인해 보았다.

"이, 이런 젠장! 도망쳐!"

그의 외침에 클라우드 공작을 향해 다가가던 병사들이 혼비백산하며 도망치기 시작했다.

갑자기 그들이 줄행랑을 치자 클라우드 공작은 의아한 얼굴로 달려오는 말들과 그 위에 타고 있는 자들을 보았다.

"놓치지 마라!"

말들을 타고 오는 이들은 도망치는 병사들과 비슷한 숫자였는데 5명이 무리를 이탈해 클라우드 공작과 에리카를 포위하였고 다른 이들은 병사들을 쫓았다.

"무기를 버려라! 항복하면 목숨은 살려주마!"

지휘관으로 보이는 자의 외침에 클라우드 공작은 그의 갑옷에 새겨진 문장을 확인했다.

한 번도 본 적 없는 문장이었다.

"우린 군인이 아니라 민간인이다."

"닥치고 무기부터 버려라! 무기를 버리지 않을시 대항하는 것으로 간주하고 죽이겠다."

"그대들은 연합군의 병사들인가?"

"그렇다!"

상대가 연합군이라는 걸 확인하자 클라우드 공작은 안색이 밝아졌다.

사흘 정도 더 걸릴 거라고 생각했는데 꽤 가까운 곳에 연합군이 있었다.

"그렇다면 예를 갖추어라. 베네시아 왕국 루스웰 공작의 딸, 에리카 영애님이시다."

클라우드 공작의 소개에 에리카는 머리에 쓰고 있던 모자를 뒤로 넘겼다.

진한 붉은빛의 머리칼과 눈동자가 드러나자 그들은 당황한 얼굴로 에리카와 클라우드 공작을 번갈아보았다.

"저, 정말 에리카 루스웰 영애님이십니까?"

에리카가 살짝 고개를 끄덕이자 그들의 시선은 클라우드 공작에게로 향했다.

에오스 왕국의 2차 지원군이 합류한 이후 연합군은 그라이스 왕국의 동부를 수복하기 위해 진군을 시작하였다.

베네시아 왕국의 2차 지원군이 도착할 때까지 기다릴 수도 있었지만 에리카와 클라우드 공작의 탈주소식이 사실로 확인되자 두 사람을 찾아내기 위해서였다.

"그렇다면 그대가 클라우드 공작인가?"

"이렇게 낭비할 시간이 있다면 빨리 본대에 연락을 취해라."

클라우드 공작의 지적에 그들 중 한 명이 말을 타고 왔던 길을 되돌아갔다.

그러는 동안 도망친 제국의 병사들을 쫓던 이들이 합류했다.

"타십시오. 본대가 있는 곳까지 안내하겠습니다."

연합군의 병사 한 명이 자신이 타고 있던 말을 양보하였다.

이에 클라우드 공작은 에리카가 말에 편하게 오를 수 있게 하나뿐인 팔로 에리카의 손을 잡아주었다.

"서둘러라! 본대로 귀환한다!"

*　　　*　　　*

에리카를 발견했다는 소식에 카이저를 비롯한 연합군 수뇌부 전부가 모였다.

"에리카를 찾았다는 게 정말인가?"

"말씀해 주신 외모와 똑같았습니다."

소식을 전한 병사가 다시 한 번 증언하자 루스웰 공작은 힐끗 카이저를 살펴보았다.

카이저는 한눈에 보기에도 초조해하는 기색이 역력했다.

얼마 지나지 않아 근처에 흩어져 있는 제국군 잔당을 제거하러 나갔던 병사들이 돌아왔다.

"에리카!"

카이저는 어두운 밤임에도 에리카의 얼굴을 정확히 알아보고 큰소리로 에리카의 이름을 부르며 앞으로 뛰쳐나갔다.

에리카 역시 카이저의 목소리가 들리자 말에서 내려 카이저를 향해 달려갔다.

"에리카. 에리카."

카이저는 에리카의 이름을 계속해서 부르며 에리카의 몸을 끌어안았다.

그동안 겪어보지 못한 진한 스킨십에 에리카는 살짝 놀랐으나 가만히 카이저의 품에 안겼다.

"무사해서 다행이야."

"영주님도 무사해서 다행이에요."

"미안해. 내가 부족해서……."

카이저는 에리카가 에테르 황제를 따라간 것이 자신 때문이라는 걸 알고 있었다.

조금 더 침착했더라면, 조금 더 냉정하게 싸웠더라면 에테르 황제의 기술 한 번에 루스웰 공작가의 오러 마스터들이 죽지도 않았을 것이고 에리카가 끌려가지 않았을지도 모른다.

"괜찮아요. 전부 괜찮아요."

다시 에리카를 만났다는 사실에 기뻐하던 카이저의 눈에 클라우드 공작의 모습이 들어왔다.

얼마 전 확인된 정보에 따르면 황혼의 마탑의 마스터가 팔을 잘랐다고 하는데 그게 사실인지 클라우드 공작은 팔이 하나 밖에 없었다.

"이야기가 조금 필요하겠군."

"그는 내가 심문할 테니 루시오스 백작은 에리카와 시간을 보내고 있게."

"하지만……."

"공작 각하의 말씀대로 하게, 루시오스 백작."

직접 클라우드 공작을 추궁할 생각이었던 카이저는 루스웰 공작과 루턴 후작의 말에 추궁을 포기했다.

카이저가 에리카를 데리고 막사로 돌아가자 루스웰 공작은 클라우드 공작을 불렀다.

"대화나 하지."

클라우드 공작은 아무 말 없이 루스웰 공작의 뒤를 따랐다.

*　　*　　*

"도대체 어떻게 된 거야?"

에리카를 자신의 막사로 데리고 온 카이저는 곧장 자세한 상황을 물었다.

클라우드 공작이 어째서 에리카를 탈주시켰는지, 황궁에서 어떤 생활을 보냈는지는 반드시 알아야 했다.

"그전에 부탁드릴게 있어요."

"부탁?"

"제가 하는 말에 따라준다고 약속해 주세요."

"그게 무슨……."

카이저는 에리카의 말에서 심상치 않은 분위기를 느꼈다.

아무 이유도 없이 수도를 탈주했다고 보기에 에리카의 표정은 한없이 진지했다.

분명 중요한 목적이 있는 사람이나 보일 표정이었다.

그리고 그 목적은 지금의 말과 큰 연관이 있는 듯했다.

"약속해 주세요."

"…들어보고 결정하면 안 될까?"

카이저는 신중하게 행동했다.

무턱대고 약속하기에는 어쩐지 예감이 좋지 않았다.

"클라우드 공작과 약조했어요. 무조건 들어주겠다고 하셔야 해요."

"……."

카이저의 표정이 살짝 일그러졌다.

클라우드 공작이 어떤 조건을 내걸었는지는 모르겠지만

그것이 연합군 측에 있어 그리 좋은 조건일 것 같지는 않았다.

"무작정 들어주겠다고 약속할 수는 없어. 지금 난 개인이 아닌 연합군에 참가한 몸이니까. 하지만 그게 연합군에 해가 되지 않는 조건이라면 들어주겠다고 약속할게."

카이저의 말에는 교묘한 함정이 있었다.

연합군에 해가 되는지 되지 않는지의 기준이 명확하지 않은 것이다.

또한 연합군은 중부의 4개 왕국은 물론이고 동부의 2개 왕국 역시 포함하고 있었기에 카이저가 들어주겠다는 범위는 대단히 한정적이었다.

"그럼 말씀드릴게요."

카이저의 말에 숨어 있는 함정을 알아차렸는지 알아차리지 못했는지는 알 수 없지만 에리카는 차분히 이야기를 시작했다.

클라우드 공작이 어째서 자신이 도망치는 것에 협력했고 그 과정에서 무슨 일이 있었는지.

모든 이야기를 들은 카이저의 표정은 차갑게 굳어 있었다.

어째서 안 좋은 예감을 느꼈는지 알 것 같았다.

카이저는 에테르 황제를 처단할 생각이었다.

그냥 살려주기에 에테르 황제라는 변수는 너무나도 위험했다.

하지만 에리카는 에테르 황제를 살리는 선택을 해달라고 말하고 있었다.

"전쟁을 멈춰달라고?"

"제 오라버니, 에테르 황제는 클라우드 공작께서 설득한다고 했어요. 그러니……."

"에리카, 넌 이 조건이 성립될 수 있다고 생각한 거야?"

카이저는 확신했다.

에리카가 말한, 클라우드 공작의 뜻은 절대로 이루어질 수 없는 것이었다.

직접 확인한 에테르 황제의 집착은 매우 강했다.

"될 거예요. 클라우드 공작은 이제 크로이드 제국의 유일한 공작이고 그랜드 소드 마스터인데다가……."

"에리카."

카이저는 에리카의 말을 끊어냈다.

에리카의 마음을 이해하지 못하는 건 아니었다.

클라우드 공작의 뜻도 충분히 알았다.

하지만 그것들은 어디까지나 하나의 이상론에 불과했다.

"분명 크로이드 제국은 이 이상 전쟁을 벌여봤자 멸망할 뿐이야. 그렇지만 그 근거들은 전부 에테르 황제가 합리적이고 이성적인 판단을 한다는 것을 전제로 하고 있어. 그리고 내가 봤을 때 에테르 황제는 그런 이성적인 판단을 내리지 못해."

에테르 황제가 그 정도로 이성적인 판단이 내릴 수 있는 상태였다면 처음부터 에리카를 그렇게 데려가지도 않았을 것이다.

에테르 황제의 행동은 지극히 감정적이고 충동적이었다.

"하지만……."

실낱같은 작은 희망만을 간신히 붙들고 있는 에리카의 모습에 카이저는 가슴이 먹먹해졌다.

"일단 시도는 해보겠지만 장담할 수는 없어."

"…네."

에리카는 이것이 카이저가 양보할 수 있는 한계임을 깨닫고 더 이상 떼를 쓰지 않았다.

*　　　*　　　*

많이 피곤했기 때문인지 에리카는 금방 잠들었고 카이저는 에리카를 두고 루스웰 공작이 있을 것으로 생각되는 막사를 방문하였다.

카이저의 예상대로 그곳에는 루스웰 공작과 클라우드 공작이 있었도 다른 수뇌부 인물들도 모여 있었다.

"에리카는 어떤가?"

"방금 잠들었습니다. 그보다……."

카이저는 클라우드 공작을 싸늘한 시선으로 바라보았다.

에리카를 데리고 와준 것은 고맙게 생각하지만 클라우드 공작의 행동은 에리카를 위한 것이 아니었다.

에테르 황제가 에리카에게 버림받을 걸 걱정해서 이런 일을 벌였다면 그 반대의 경우 역시 생각해야 했다.

"마음에 안 드는군."

카이저의 거친 반응에 루스웰 공작은 카이저가 에리카로부터 어느 정도 이야기를 들었다는 걸 알 수 있었다.

"이야기를 들은 건가?"

"예. 에리카를 이용해서 이 전쟁을 멈추겠다는 생각, 분명 나쁜 건 아닙니다. 하지만 에테르 황제를 설득하는 건 불가능할 것으로 보입니다. 그리고 그 과정에서 에리카가 받게 될 충격과 상처 역시 가볍지는 않겠죠."

클라우드 공작의 말대로 모든 게 좋게 해결된다면 카이저로서도 불만은 없었다.

하지만 클라우드 공작의 계획은 순간적인 충동에 따른 만큼 허술하기 짝이 없었고 무엇보다 너무나도 낙천적이었다.

계획이라는 것은 실패할 경우까지 상정해 두는 것이 기본인데 클라우드 공작은 자신의 죽음 정도만 생각했을 뿐, 그 이상을 떠올리지는 않았다.

"그래서 어떻게 할 건가?"

"협조는 하겠습니다. 하지만 어디까지나 에테르 황제가 이 전쟁을 멈출 생각이 있을 경우로 한정합니다."

"그대들의 생각은 어떤가?"

카이저의 의견을 들은 루스웰 공작은 다른 귀족들을 보았다.

"저희는 찬성입니다."

네테스 후작이나 루턴 후작 모두 카이저와 같은 뜻인지 찬성표를 던졌다.

"저희는 반대합니다."

하지만 에오스 왕국의 아틀라스 후작과 새로 합류한 바랑 공작이라는 자는 거부의 뜻을 보였다.

마지막으로 그라이스 왕국의 티르 백작은 고민에 빠진 얼굴로 쉽게 결정을 내리지 못하였다.

전쟁을 지속해서 복수를 하는 것도 중요하지만 피해를 복구하는 것도 그만큼 필요한 일이었기 때문이다.

"곤란하군."

수뇌부 중 베네시아 왕국 인물들의 숫자가 많다고 해도 연합군은 각 왕국의 대표자가 하나의 행사권을 가지고 있는 것이나 마찬가지였다.

그라시아 왕국이 중립인 상태로 베네시아 왕국은 찬성하고 에오스 왕국은 반대인 상황이라면 결론은 날 수 없었다.

최소한 두 개의 왕국이 찬성을 해야만 했다.

"곤란할 게 뭐 있습니까?"

그런데 카이저는 대수롭지 않다는 듯 앞으로 나섰다.

"저희 베네시아 왕국에서만 참가하면 되는 일입니다."

"그게 무슨 소리인가? 이건 하나의 왕국이 마음대로 결정할 가벼운 문제가 아닐세."

카이저의 말에 바랑 공작이 눈을 부릅뜨고 카이저를 노려보았다.

"아니요. 저희 베네시아 왕국은 충분히 그럴 만한 권한이 있습니다."

"권한이라니, 그런 권한이 어디에 있다는 말인가?"

금시초문이라는 듯 바랑 공작이 의문을 가지자 카이저는 허리에 차고 있는 검을 툭툭 치며 말했다.

"여기에 있습니다."

"……."

카이저의 오만한 말에 바랑 공작은 꿀 먹은 벙어리가 되었다.

그는 아틀라스 후작으로부터 베네시아 왕국의 루시오스 백작이 연합군을 주무르고 있다는 소리를 이미 듣기는 했지만 이렇게 막 나갈 줄은 몰랐다.

그러나 마냥 무시할 수도 없는 게 카이저는 그랜드 소드 마스터인데다가 크로이드 제국의 그레고리 후작과 하버크 공작을 죽인 실력자였다.

에오스 왕국과 베네시아 왕국의 국력 차이도 명확했다.

"허! 자네 진심인가?"

"확인해 보시겠습니까?"

카이저의 태도가 몹시 거슬렸지만 바랑 공작은 더 이상 아무 말도 할 수 없었다.

이 연합군은 확실히 베네시아 왕국이 붙들고 있었다.

섣부른 행동으로 국가 간의 사이가 틀어지는 일은 피해야 했다.

"불쾌하군. 베네시아 왕국의 루시오스 백작이었나? 그런 태도로 남을 대하면 자신까지 싸구려가 되는 법일세."

"자신을 보호한다는 명목으로 전쟁터에서 한몫 단단히 잡아보려는 것도 충분히 싸구려 아닙니까?"

"무, 무어라?"

"그만두게! 루시오스 백작, 신경이 너무 예민해진 것 같으니 이만 가서 쉬게."

루스웰 공작의 말에 카이저는 고개를 꾸벅 숙이고 몸을 돌렸다.

확실히 정상이 아니었다.

에테르 황제를 죽이고 에리카를 구하는 것이 목표였는데 에리카는 무사히 돌아와 에테르 황제를 막으려 하고 있었다.

그나마 거기까지라면 카이저도 어떻게든 넘어갈 수 있었을 것이다.

에리카는 자신에게 있어 진정으로 소중한 사람이니 자신에게 피해를 준 에테르 황제를 용서하는 건 어려운 일이 아니었다.

그렇지만 에테르 황제는 보통의 평범한 이들과 다른 존재였다.

에리카를 이대로 순순히 포기하려 들지 않을 것이고 그것은 곧 이후에도 이와 같은 일이 얼마든지 벌어질 수 있다는 의미였다.

막사로 돌아가는 길에 카이저는 하늘 위에 떠오른 달을 올려다보았다.

로델로가 말하길 달은 언제나 둥글지만 그림자에 가려 모습이 변한다고 하였다.

겉모습이 어떻든 본질은 달라지지 않는다는 소리였다.

막사로 돌아온 카이저는 자신의 침대에 누워서 자고 있는 에리카의 모습을 말없이 바라보았다.

아무렇지 않게 행복해지는 일은 너무나도 어려웠다.

페네스 하임을 뛰어넘은 카이저 데 루시오스의 삶을 충분히 살 수 있을 거라고 믿었지만 그건 착각이었다.

"미안해."

훗날 후회할 일은 선택하고 싶지 않았다.

비록 에리카에게 상처를 주게 되더라도 그게 훗날 받을 상처보다는 작을 거라고 믿으며 카이저는 결심을 굳혔다.

"정말로 미안해."

이 손으로, 이 검으로 에테르 황제를 베어버릴 것이라고.

　　　　*　　　*　　　*

　피로 때문에 깊이 잠들었던 에리카는 해가 중천에 떴을 때쯤 겨우 눈을 떴다.

　일어나서 가장 먼저 느낀 것은 갈증과 공복이었다.

　그도 그럴 게 이곳까지 오며 식량이 떨어지지 않게 소량만 먹었으며 마지막 식사는 거부했었다.

　하루를 꼬박 굶은 것과 마찬가지였다.

　그나마 물이라도 좀 마셨으면 좋았을 텐데 물은 식량들 중 가장 먼저 떨어져서 마지막으로 입에 댄 게 사흘 전이었다.

　그렇게 갈증과 공복을 느끼던 에리카는 문득 자신의 손을 잡고 있는 누군가의 손길을 느꼈다.

　고개를 돌려보니 침대에 몸을 기댄 채 앉아 있는 카이저의 모습이 보였다.

　"영주님?"

　반사적으로 카이저를 불렀으나 카이저는 미동도 하지 않았다.

　뒷모습이라서 잘 보이지는 않지만 아무래도 자고 있는 것 같았다.

　왜 이런 곳에서 자고 있을까 고민하던 에리카는 곧 자신이 카이저의 막사를 뺏었다는 사실을 깨달았다.

자신이 누워 있는 침대가 원래 카이저가 사용해야 하는 침대였다.

'다행이다.'

에리카는 무사히 돌아왔다는 사실을 다시금 실감하고 카이저가 잡고 있지 않은 한쪽 팔로 카이저의 머리를 뒤에서 부드럽게 감싸 안았다.

곁에 있는 것만으로 너무나도 평온한 기분이었다.

아마 배의 신호가 아니었다면 한동안 그 자세를 가만히 유지하고 있었을 것이다.

꼬르륵.

"……."

자신의 배가 보내오는 공복신호에 에리카는 살짝 얼굴을 붉혔다.

그나마 카이저가 자고 있어 다행이었다.

아니었다면 무척 민망했을 것이다.

'일단 뭐라도 먹었으면 좋겠는데.'

에리카는 막사를 내부를 살펴보았다.

침대 하나와 탁자 하나가 전부였지만 탁자 위에 과일이 든 바구니가 놓여 있었다.

그러나 탁자와 침대의 거리는 어느 정도 떨어져 있었고 카이저가 한쪽 손을 붙잡고 있었기에 에리카는 탁자로 갈 수 없었다.

'어떡하지?'

손을 풀면 당장에라도 카이저가 깨어날 것 같았다.

굶는 것보다야 깨우는 게 낫겠지만 이런 일로 카이저를 깨우고 싶지는 않았다.

"과일이 먹고 싶은 거야?"

불쑥 카이저의 머리가 들리자 에리카는 그만 돌처럼 굳어버렸다.

카이저는 붙잡고 있던 에리카의 손을 놓아주고 몸을 일으켰다.

"그럼 말을 하지 그랬어. 계속 깨어 있었는데."

"깨, 깨어 있었다고요?"

에리카는 절박한 심정으로 물었다.

부디 카이저가 그 소리를 듣지 않았으면 했다.

"그, 그럼 처음에 불렀을 때는 왜 안 일어나셨어요?"

"잠꼬대인 줄 알았거든."

카이저는 과일 하나를 집어 에리카의 손 위에 얹어주었다.

"그리고 고작 그런 걸로 민망해하지 마. 식사하다가 화장실 간 적도 있고 그날인지 모르고 수련하자던 나에게 바보라고 소리친 적도 있으면서."

카이저는 에리카가 창피하게 여기는 기억들을 몇 개 이야기해 주었다.

이 정도쯤은 얼마든지 이해해 줄 수 있다는 뜻이었지만 에리카에게 있어선 자신을 놀리는 것으로 밖에는 들리지 않았다.

"그, 그만! 더는 말하지 마세요."

"아, 그러고 보니 암살자가 온 줄 알고 내가 욕실에 있을 때 들어온 적도 있……."

"꺄아아악!"

에리카는 반사적으로 방금 카이저가 건네준 과일을 카이저의 얼굴을 향해 집어던졌다.

언뜻 가벼워 보이는 행동이지만 에리카의 경지를 생각하면 일반인은 목숨이 위태로운 위험천만한 행동이었다.

에리카가 내던진 과일은 화살보다 빠르게 카이저의 얼굴로 날아들었다.

턱.

하지만 카이저는 가볍게 에리카가 던진 과일을 받아냈다.

"뭘 이런 걸 가지고 부끄러워하고……."

"당장 나가요!"

카이저는 자신의 막사에서 쫓겨나고 말았다.

게다가 막사 바깥에 있던 기사들은 에리카의 비명 소리를 들었는지 카이저를 미묘한 시선으로 바라보아 카이저를 민망하게 만들었다.

시간이 조금 지나 카이저는 제대로 된 식사를 들고 다시 막사를 찾았다.

"직접 들고 오셨어요?"

카이저를 사납게 노려보던 에리카는 카이저가 직접 음식을 들고 오자 표정을 풀며 놀란 눈길로 카이저를 보았다.

"다른 사람을 시켜도 될 텐데……."

"뭐, 그러면 편하기는 하겠지만 지금 네 모습은 남들에게 보이기 그리 좋은 모습이 아니라서."

"……."

에리카는 자신의 모습을 살펴보았다.

옷은 흙먼지가 잔뜩 묻어 있고 얼굴도 제법 거칠어져 있었다.

거울이 없어 확신하지는 못하지만 생존훈련을 했을 때와 비슷한 몰골일 것이다.

"하, 하녀들을 시키면 되잖아요."

"연합군 중 귀족들의 시중을 드는 하녀는 고작 100명 안팎이야."

전쟁터에 여자를 데리고 다니는 건 여러모로 보기 좋은 일이 아니었기에 귀족들의 시중을 드는 하녀들은 극히 소수였다.

카이저를 담당하는 하녀가 없는 건 아니지만 혹여 에리카가 깨어날까 싶어 카이저는 하녀를 부르지 않았다.

"영주님은 안 드세요?"

"난 신경 쓰지 않아도 돼."

사실 카이저는 일부러 자신의 식사를 들고 오지 않았다.

에리카는 한참 공복이지만 자신은 그리 배가 고프지 않았고 가져와봐야 입맛이 뚝 떨어질 거라는 생각 때문이었다.

"먹으면서 들어."

에리카가 식사를 시작하자 카이저는 꼭 해야 한다고 생각한 이야기를 꺼냈다.

"내일 클라우드 공작을 데리고 에테르 황제를 설득하러 갈 거야."

"정말이에요?"

에리카는 카이저의 말에 반색했다.

"그래. 하지만 에리카, 넌 여기에 남아."

"예?"

"루스웰 공작 각하께서도 동의하신 일이야. 그렇게 알고 있어."

카이저는 에테르 황제의 설득에 실패할 거라고 확신하고 있었다.

그런 장소에 에리카를 데려가 봤자 클라우드 공작이 죽는 광경만 목격하게 될 것이다.

이 이상으로 에리카에게 힘든 경험을 시켜주고 싶지는 않았다.

"미리 말하지만 억지를 부려도……."

"기다릴게요."

카이저는 자신이 잘못 들었나 싶어 에리카의 얼굴을 빤히 들여다보았다.

"뭐?"

"왜 그런 말씀을 하는지 잘 알겠어요. 어젯밤에 저한테 그렇게 말씀하신 것도 제가 상처받지 않았으면 해서였잖아요."

"……."

"실현가능성이 낮다는 건 저도 알아요. 시도만 해주셔도 충분해요. 그리고 제가 거기 간다고 해도 설득이 성공할 거라는 보장은 없으니까요."

카이저는 그동안 자신이 에리카를 너무 어린아이로만 본 건 아닌가 하는 생각이 들었다.

동등한 입장은 아닐 수 있다.

카이저는 전생인 페네스 하임의 기억이 있으니 연장자로서 상대를 바라보는 건 당연한 일이었다.

하지만 카이저 자신이 연장자라고 해서 에리카가 언제까지 어린아이인 건 아니었다.

"하지만 조금은 기대하고 있을게요. 그래도… 되는 거죠?"

마지막 물음에는 약간의 망설임이 담겨 있었다.

자신에게 너무 부담을 주는 건 아닐까 하는 그런 종류의 망설임이었다.

그리고 카이저는 어째서인지 그런 망설임을 없애주고 싶

어 당당하게 대답했다.

"물론이야. 기대해도 돼."

*   *   *

루스웰 공작이 바랑 공작을 잘 다독였는지 아니면 힘으로 협박했는지는 알 수 없었지만 카이저의 뜻에 따라 베네시아 왕국이 독단적으로 일을 진행하게 되었다.

클라우드 공작을 포박한 상태로 베네시아 왕국의 병력은 크로이드 제국의 국경에 도달했다.

여기서 밀리면 그때는 패망만 있다는 걸 잘 아는 터라 크로이드 제국은 지방영주들의 힘까지 긁어모아 20만이 넘는 대군을 준비한 상태였다.

과연 대륙 최강국다운 면모였다.

"우리 역할은 여기까지네. 이제는 자네가 해결해야 할 몫이야."

루스웰 공작은 클라우드 공작을 포박하고 있던 끈을 잘라주었다.

이에 클라우드 공작은 무겁게 고개를 끄덕이고 요새와 다름없는 외형의 마을로 다가갔다.

"클라우드 공작."

클라우드 공작이 나오는 모습을 에테르 황제는 조금도 눈을 떼지 않고 지켜보았다.

"폐하! 신 클라우드, 폐하께 큰 죄를 저질렀습니다! 이 죄는 죽어 마땅하나 부디 한 번만 신의 말을 들어주십시오."

클라우드 공작은 요새를 앞두고 이마를 바닥에 박으며 소리쳤다.

그 모습을 보며 에테르 황제는 눈을 씰룩거렸다.

"듣기 싫다! 반역도 놈이 수치를 모르는구나!"

"폐하! 부디, 부디 한 번만 신의 말을 들어주십시오. 모두 설명하겠습니다."

"활을 준비해라."

에테르 황제의 명령에 병사들은 일제히 활시위를 뒤로 쭉 당겼다.

카이저는 당장 클라우드 공작의 목숨이 위험해졌지만 앞으로 나서려 하지 않았다.

클라우드 공작이 죽는다면 그건 베네시아 왕국에 이득이었다.

팔 하나가 없다고 할지라도 그랜드 소드 마스터다.

그가 살아남아서 크로이드 제국의 편에 서서 싸운다면 베네시아 왕국의 피해는 커질 수밖에 없었다.

그런데 조국인 크로이드 제국의 손에 죽는다면 카이저로서는 에테르 황제를 죽일 구실도 얻게 되고 손도 더럽히지 않으니 일석이조였다.

자신에게 활이 겨눠졌다는 사실을 뻔히 알면서도 클라우드 공작은 미동도 보이지 않았다.

그런 클라우드 공작의 모습에 에테르 황제는 이를 부득 갈았다.

"쏴라!"

사격 명령이 떨어지자 수백 발의 화살이 클라우드 공작 하나를 노리고 날아들었다.

모든 화살이 명중할 건 아니었지만 한 발이라도 꽂힌다면 방어를 하거나 피할 생각이 없는 클라우드 공작에게는 충분히 치명적인 결과로 이어지게 될 것이었다.

퍼퍼퍽!

살을 파고드는 화살촉의 섬뜩한 소리가 울러 퍼졌으나 클라우드 공작은 꼼짝도 하지 않았다.

뒤에서 지켜보고 있던 병사들이 당황했지만 카이저는 무표정한 얼굴 그대로 클라우드 공작을 보고 있었다.

"한 번 더 쏘면 그땐 진짜로 죽겠군요."

"그렇겠지."

카이저의 의견에 수긍하며 루스웰 공작은 미동도 하지 않은 클라우드 공작을 보았다.

아무래도 어느 정도 거리가 있어서 그런지 클라우드 공작의 숨통은 아직 붙어 있었다.

화살이 박힌 부위도 급소는 아니었기에 치료를 한다면 얼마 후에는 다시 멀쩡히 돌아다닐 수 있는 수준이었다.

"고개를 들어라."

에테르 황제 역시 클라우드 공작이 살아 있다는 걸 느꼈는지 입을 열었다.

죽은 듯이 미동도 않던 클라우드 공작은 에테르 황제의 명령에 고개를 들었다.

"짐을 그동안 보필해온 것에 대한 답례로 마지막으로 입을 열 기회를 주마. 어째서냐? 어째서 짐을 배반한 것이냐?"

순간 카이저는 에테르 황제의 목소리에 가려져 있는 일말의 불안감을 느낄 수 있었다.

에리카한테만 보일 거라고 예상했던 집착과 불안이 에리카가 아닌 클라우드 공작에게도 있었다.

"아니옵니다. 결코 그렇지 않습니다."

클라우드 공작은 화살이 꽂힌 몸을 일으켜 세웠다.

등과 다리에 박혀 있는 화살 때문에 거동이 부자연스러웠지만 클라우드 공작은 화살을 뽑지 않은 채 요새를 향해 다가갔다.

"신은 폐하를 위해 이 방법이 최선이라 여겼을 뿐입니다."

"최선? 에리카를 보내주는 게 어째서 최선이냐? 하버크 공작을 죽게 만든 것이 어째서 최선이란 말이냐?"

"만약 폐하께서 공주님을 이용해 이 전쟁에서 승리한다한들, 폐하께 무엇이 남습니까? 폐하께서 원하시던 대륙통일에는 분명 한발 다가갈지도 모릅니다. 그러나 정녕 이 전쟁을 일으킨 이유가 대륙통일을 위해서는 아니지 않습니까?"

"……."

에테르 황제는 클라우드 공작의 말에 긍정하지도, 부정하지도 않았다.

"그런 방식으로 전쟁에서 이겨봤자 폐하께는 아무것도 남지 않습니다. 아니, 폐하께서 그나마 가지고 있던 것마저 잃게 될 것입니다."

"계속 말해봐라."

에테르 황제는 입이 바싹 마르는 것을 느꼈다.

자신의 입에서 새어 나온 목소리가 메마른 입술의 영향으로 갈라져 있었다.

"폐하. 폐하께서는 단지 가족을 원했을 뿐입니다. 그걸로 되는 것 아닙니까? 에리카 공주님께 말씀을 드렸습니다. 그분은 전혀 폐하를 원망하지 않으십니다. 언제나 곁에 있지는 못하겠지만 남매로서 서로를 믿으며 살 기회는 아직도 남아 있습니다. 부디 그 기회를 놓치지 말아주십시오."

"기회……."

에테르 황제는 마치 홀린 듯 클라우드 공작이 이야기한 기회라는 단어를 중얼거렸다.

자신은 도대체 무엇을 원했던가?

언제부터 이런 방법을 취하기로 마음을 먹었던가?

에테르 황제 본인이 기억하는 어린 시절의 자신은 큰 벌레가 나타나면 그것만으로 무서워 벌벌 떠는 겁쟁이였다.

그런데 그런 겁쟁이가 사람을 아무렇지도 않게 죽일 수 있게 되었다.

본인이 생각하기에도 믿기지 않는 변화였다.

그리고 그런 변화가 가능했던 계기는 형제들의 암살위협에 시달리던 자신에게 던진 하버크 공작의 한 마디였다.

황제가 되면 원하는 모든 걸 가질 수 있다는 단 한 마디.

그 한 마디가 현재의 에테르 황제를 만들었다.

스윽.

에테르 황제가 아래로 터벅터벅 내려오자 크로이드 제국의 기사들은 당혹스러운 눈길로 그를 보았다.

에테르 황제는 직접 자신의 손으로 요새의 문을 열어젖혔다.

"폐하."

클라우드 공작은 자신을 향해 다가오는 에테르 황제의 모습을 보며 미소 지었다.

과연 에테르 황제가 자신의 말을 들어줄 것인가 반신반의하고 있었는데 결국 에테르 황제는 자신의 말을 믿어주었다.

신하로서 이보다 더 황송한 경우는 없을 것이다.

"클라우드 공작."

"예, 폐하."

자신을 부르는 에테르 황제의 목소리에 클라우드 공작은 기쁘게 답하였다.

"짐은 크로이드 제국의 황제이며 황제란 모든 걸 가질 수 있는 사람을 뜻한다."

"…예?"

에테르 황제의 말이 무슨 뜻인지 이해하지 못한 클라우드 공작은 고개를 들어 자신의 군주인 에테르 황제의 얼굴을 보았다.

피처럼 붉은 눈동자가 광기로 번뜩이고 있었다.

"에리카가 짐을 원망하니까 그랬다? 당치도 않은 소리. 에리카는 짐의 가족이다. 하나뿐인 이 짐의 가족이란 말이다. 그 눈이 나를 담고 있다면 감정 따위 중요치 않다."

"폐, 폐하?"

클라우드 공작은 일이 틀어졌음을 깨달았다.

"원망이라면 그것도 좋다. 에리카가 원망조차 내가 가지겠다. 그러니 그대는……."

클라우드 공작은 그제야 카이저가 했던 말을 이해할 수 있었다.

자신의 계획은 실패할 수밖에 없었다.

에테르 황제가 에리카에게 가지고 있는 감정은 애정 따위가 아니었다.

순수한 집착, 자신이 아니면 안 된다는 탐욕.

단지 그뿐이었다.

"주제넘게 나선 것에 대한 대가를 치러라."

푸욱!

살점을 파고드는 칼날의 고통에 클라우드 공작은 몸을 휘청거렸다.

"폐……."

"수고 많았다. 클라우드 공작."

작별인사를 마친 에테르 황제는 클라우드 공작의 몸을 찌른 검을 뽑아냈다.

검이 꿰뚫은 자리에서 피가 울컥 솟구치며 클라우드 공작은 뒤로 두어 걸음 물러나다 그대로 나자빠졌다.

카이저는 클라우드 공작이 쓰러지는 광경을 목격하며 이 자리에 에리카가 없다는 것에 안도했다.

"준비하게."

"이미 준비는 끝났습니다."

카이저가 검을 손가락으로 툭툭 두드리며 답하자 루스웰 공작은 고개를 끄덕였다.

클라우드 공작의 뜻이 꺾인 건 안타까운 일이지만 충분히 예상하고 있었던 일이다.

"기사단을 돌격시켜라."

Chapter 07
마지막 전투

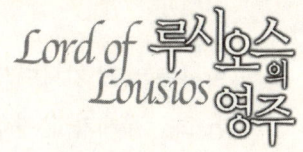

"기사단 돌격!"

루스웰 공작의 명령에 선두에 있던 기사들이 일제히 말을 몰며 앞으로 달려 나갔다.

에테르 황제는 재빨리 요새 안으로 몸을 피했다.

"사격개시!"

요새를 향해 돌격하는 베네시아 왕국의 기사들을 향해 수천 발의 화살이 일제히 쏘아졌다.

전신을 갑옷으로 중무장하고 있는 기사들에게 화살은 그리 유효한 공격수단이 아니었지만 기사들의 말을 제거하는 역할은 충분히 해낼 수 있었다.

"마법사들은 적 기사단의 선봉을 노려라!"

한 번 화살세례가 쏟아진 다음 제국의 마법사들이 공격마법을 준비했다.

여러 마법사가 힘을 합쳐 사용하는 마법은 기사들에게 충분히 유효한 데미지를 줄 수 있었다.

콰콰콰쾅!

마법사들의 공격마법이 작렬하며 선두에서 돌격하던 기사들을 휩쓸었다.

하지만 베네시아 왕국의 기사들은 별다른 피해 없이 마법을 뚫고 튀어나왔다.

선두에 마법사들의 공격이 집중될 거라고 예상하고 오러 마스터들을 배치시켜둔 덕분이었다.

곳곳에서 오러 블레이드가 솟구치며 마법사들이 날리는 온갖 다양한 마법들을 막아냈다.

"결국 이런 꼴이군."

카이저는 기사단의 돌격으로 소란스러운 와중, 클라우드 공작에게 다가갔다.

요새에서 날리는 화살과 마법들이 쏟아지는 격전지였지만 카이저는 개의치 않았다.

날아오는 화살은 눈으로 확인하지 않아도 가볍게 피해낼 수 있었고 마법사들의 마법은 선두에 있는 기사들에게 집중되어 있었다.

"쿨럭! 루, 루시오스 백작."

"흐음."

카이저는 숨을 헐떡이는 클라우드 공작의 모습을 확인하고는 에테르 황제가 찌른 부위를 살펴보았다.

급소가 아니었다.

그렇게 근거리였는데 다른 이도 아닌 에테르 황제가 급소가 어딘지 몰라 빗나간 건 아닐 것이다.

"그나마 일말의 정은 남아 있었다는 건가?"

"폐하는… 폐하는……."

클라우드 공작은 간절하게 무언가를 말하려 했으나 카이저는 고개를 내저었다.

클라우드 공작이 할 말이 무엇인지 뻔했다.

어떻게든 에테르 황제의 목숨만은 보장해달라는 내용일 것이다.

하지만 카이저는 그러고 싶은 마음이 전혀 없었다.

"그는 내 손에 죽을 것이다."

"……"

"혹시나 원망할 생각은 하지 마라. 에리카도 그렇고 우리도 그렇고 충분한 협력을 해주었다. 일이 실패한 것은 전적으로 에테르 황제를 파악하지 못한 당신의 잘못이지."

카이저는 냉혹하게 클라우드 공작을 비판했다.

"자신이 모시는 군주의 성향도 파악하지 못하고, 그가 바라는 게 뭔지도 모른다. 도대체 왜 그를 따른 건지 모르겠군."

"난……."

클라우드 공작은 수치스러운 얼굴로 고개를 숙였다.

무언가 말을 해야 하는데 아무 말도 나오지 않았다.

속죄라고 믿었던 길은 속죄가 아니었다.

이미 에테르 황제는 그 잘못된 길에 빠져 헤어 나오지 못하고 있었다.

그리고 자신에게는 에테르 황제를 되돌릴 능력이 없었다.

"마지막으로 하나만 묻지."

카이저는 클라우드 공작의 말을 끊고 무릎을 굽혀 자세를 낮추었다.

"앞으로의 계획은 뭐지?"

클라우드 공작은 카이저의 말과 자신을 내려다보는 카이저의 눈동자에 서려 있는 살의를 읽어냈다.

카이저는 지금 고민하고 있는 것이다.

자신을 죽일지 말지를.

그리고 그런 카이저의 고민을 클라우드 공작은 충분히 이해할 수 있었다.

그랜드 소드 마스터라는 변수를 등 뒤에 남겨놓은 채 에테르 황제와 싸울 수는 없다.

그렇기에 지금 이 자리에서 끝장내려는 건 당연한 행동이었다.

그럼에도 불구하고 카이저가 자신의 뜻을 묻는 이유는 아마 에리카를 데려와준 것에 대한 마지막 자비나 에테르 황제의 말을 되돌리지 못한 것에 대한 동정일 것이다.

"죽여라."

클라우드 공작은 굳이 카이저에게 듣기 좋은 말을 하거나 살려달라는 애원은 하지 않았다.

그저 죽이라고 말했다.

"군주를 보필하지 못한 못난 목숨, 살 필요는 없다."

"확실히. 기사로서의 명예를 안다면 감히 목숨을 구걸하지는 못하겠지."

카이저는 순순히 고개를 끄덕이고 검을 치켜들었다.

"하지만……."

파악!

그러나 카이저가 뽑아 든 검은 클라우드 공작의 머리 옆에 있는 애꿎은 바닥에 꽂혔다.

"황실의 혈통을 끊을 계획인가? 에테르 황제가 내 손에 죽으면 크로이드 제국에는 더 이상 황위를 이을 만한 인물이 남지 않는다."

황자들은 에테르 황제의 손에 모두 죽고 말았다.

그 과정에서 황실의 피를 이은 황족들 역시 대부분 목숨을 잃었다.

살아남은 이들은 황녀들이나 에리카 정도뿐.

에테르 황제가 죽게 되면 전쟁과는 상관없이 크로이드 제국은 혼란에 빠져들 것이다.

"그래 봤자 내가… 무엇을 할 수 있다는 건가?"

클라우드 공작의 물음에 카이저는 피식 웃었다.

전쟁의 종결.

그동안 카이저는 에테르 황제를 죽이고 크로이드 제국을 멸망시켜 에리카를 되찾을 생각이었다.

하지만 생각이 바뀌었다.

루스웰 공작이 말해주었던 서로를 손님처럼 대하라는 것.

페네스 하임 시절부터 귀족들이 과할 정도로 격식을 차리는 것은 좋아하지 않던 카이저이기에 그 말은 받아들일 수 없었다.

또한 에리카가 자신을 대하는 태도는 지금의 것이 가장 좋다고 여기고 있었다.

그러나 루스웰 공작이 했던 말들 중 동의하는 것도 있었다.

남자는 자신의 능력을 과시하고 싶어 한다.

"에리카가 나를 선택한 것을 후회하지 않게 하려면 둘 중 하나는 확실히 해내야겠지."

에테르 황제를 설득하는 것은 불가능하다.

그렇기에 카이저는 전쟁을 종결시키는 방법을 생각했다.

전쟁으로 크로이드 제국을 무너뜨리는 것이 더 편한 방법이지만 에리카가 원하는 것이 아니기에 카이저는 기꺼이 그 방법을 포기했다.

"전쟁을 종결시키는 데 협조해라. 클라우드 공작."

"종결시킨다니, 이 전쟁을 무슨 수로……."

"그리 어려운 방법은 아니지."

카이저가 자신의 계획을 이야기하자 클라우드 공작은 두 눈을 부릅떴다.

그리 대단한 계획도 아니고 사실 실현가능성 역시 불확실했다.

그러나 카이저는 자신 있었다.

자신의 힘을 증명하는 하나의 과정이라고 생각한다면 오히려 얼마든지 도전할 의향이 있었다.

"그런 방법이 통할 리가……."

"통하게 만들면 된다. 그 정도의 힘은 보여줘야 남자라고 말할 수 있겠지."

카이저는 굽히고 있던 무릎을 펴고 몸을 일으켰다.

"선택은 본인의 몫이지만 가급적이면 따라줬으면 하는군. 에리카를 위해서."

바닥에 꽂은 검을 뽑은 카이저는 뒤도 돌아보지 않고 요새를 향해 달려갔다.

클라우드 공작은 그런 카이저의 뒷모습을 가만히 응시했다.

소란스러운 전장, 날아드는 화살과 마법들.

그 모든 것이 지금 이 순간만큼은 사라져 버린 듯했다.

* * *

카이저는 자신을 노리고 날아드는 화살과 마법들을 피하며 요새를 향해 다가갔다.

가끔 피할 수 없을 정도로 빠르거나 넓은 범위를 자랑하는 마법들이 카이저를 덮치기도 했지만 그 어떤 마법도 카이저에게 피해를 입히지는 못했다.

그러는 동안 베네시아 왕국 기사들의 선두가 요새의 코앞까지 접근했다.

"우리도 기사단을 내보낸다!"

베네시아 왕국의 기사들을 상대하기 위해 크로이드 제국 역시 기사단을 출전시켰다.

요새의 문이 열리며 말을 탄 기사들이 뛰쳐나오고 얼마 지나지 않아 두 국가의 기사단이 정면으로 충돌하였다.

하지만 같은 기사단이라고 보기 힘들 정도로 두 기사단의 전력 차이는 극명했다.

콰콰콰콰!

사방에서 휘몰아치는 붉은 오러 블레이드에 크로이드 제국의 기사들이 피를 흩뿌리며 쓰러졌다.

"별것 아니군."

선두에서 당당하게 크로이드 제국의 기사들을 무찌르며 하르트는 심드렁한 표정을 지었다.

확실히 크로이드 제국 기사들의 실력은 뛰어났다.

베네시아 왕국의 근위기사들과 비교해 오히려 월등하다고 평가할 수 있었다.

그러나 그뿐이었다.

하르트를 비롯해 루시오스 백작가의 가신들은 모두 오러 마스터였고 그런 그들에 비해 상대는 익스퍼트에 불과했다.

그나마 숫자라도 많으면 상황이 달라지겠지만 거듭된 패전으로 크로이드 제국의 기사전력은 상당히 감소한 상태였다.

촤아악!

할버드가 하늘을 향해 솟구치며 제국의 기사가 또다시 목숨을 잃었다.

타로스는 말을 탄 채 쉼 없이 두 팔을 휘둘렀다.

그럴 때마다 할버드에 달린 도끼날과 창날에 제국의 기사들이 픽픽 죽어나갔다.

"이래서야 제대로 공을 세우지도 못하겠군."

오러 마스터를 잡아야 한다며 타로스는 눈가에 힘을 주고 주위를 둘러보았다.

그러나 양측의 기사단이 서로 뒤엉키고 화살과 마법이 쏟

아지며 온갖 소음이 난무하는 전장에서 오러 마스터만 찾아
내는 건 쉬운 일이 아니었다.

"공을 세우기보다는 안 죽게 조심합시다."

코발트는 그런 타로스의 행동을 지적했으나 타로스는 적
반하장이라는 듯 기가 찬 얼굴로 소리쳤다.

"그렇게 말하는 넌 벌써 셋이나 죽였잖아!"

"하하하. 운이 조금 좋아서."

그라이스 왕국의 영토에서 벌어진 전쟁 동안 코발트의 손
에 목숨을 잃은 크로이드 제국의 오러 마스터는 자그마치 3명
이었다.

힘을 합쳐서 소드 마스터를 쓰러트린 것을 뺀다면 단연 독
보적인 활약이었다.

"기필코 가장 빨리 소드 마스터의 경지에 오른다!"

타로스가 의지를 불태우자 하르트와 코발트, 그 외 가렌스
나 루인 등 여러 쟁쟁한 기사들의 시선이 타로스에게 향했다.

필요할 때는 등을 맡길 수 있는 믿음직한 동료였지만 때로
는 반드시 꺾고 싶은 라이벌이기도 했다.

"이놈이 위아래도 모르고!"

"당연히 내가 먼저지!"

"무슨 소리! 제가 먼저입니다!"

서로 먼저 소드 마스터의 경지에 오르겠다고 선언한 루시
오스 백작가의 가신들은 누가 먼저라고 할 것도 없이 앞으로

치고나갔다.

익스퍼트 급 기사들로는 부족하다고 판단하고 지휘를 내리는 오러 마스터들을 집중적으로 노리는 것이다.

"저놈은 내가 잡겠다!"

선두를 휘젓고 다니던 하르트는 마침 오러 마스터로 보이는 크로이드 제국의 기사를 발견하고 달려들었다.

쫘아아앙!

오러 블레이드가 서로 부딪치며 요란한 굉음을 만들어냈다.

전장에 작렬하는 수많은 마법과 병장기 소리도 충분히 귀를 아프게 하지만 오러 블레이드끼리 충돌하면서 생기는 소음은 그 이상이었다.

"으윽!"

하르트의 대검에 담긴 무시무시한 파괴력에 제국의 오러 마스터가 신음을 흘렸다.

거대한 대검을 정면으로 막아낸 탓에 손목이 저려왔다.

하르트는 그 빈틈을 놓치지 않고 재차 대검을 휘둘렀다.

"지금이다!"

그런데 돌연 하르트의 뒤에서 제국의 기사 하나가 불쑥 튀어나오더니 하르트의 등을 노리고 덤벼들었다.

'이놈이!'

하르트는 뒤에서 접근해오는 기사의 존재를 알아차렸지만

눈앞에 있는 오러 마스터와 공방을 주고받는 상황이라 몸을 빼는 게 여의치 않았다.

말 위가 아니라 땅을 딛고 싸운다면 몸을 굴려서라도 피하겠다는 안장에 발을 걸고 있는 지금 상황에서는 어려운 일이었다.

촤아아악!

"크악!"

그러나 다행스럽게도 하르트가 공격받는 일은 일어나지 않았다.

"열심히 하는 것도 좋지만 조심하도록."

하르트를 향해 덤벼들던 기사가 카이저의 손에 쓰러진 것이다.

가볍게 제국의 기사 하나를 베어낸 카이저는 주의를 주고는 하르트가 상대하던 오러 마스터에게 검을 휘둘렀다.

스팟!

붉은 궤적이 그려지는가 싶더니 제국의 오러 마스터가 피분수를 뿜으며 바닥으로 쓰러졌다.

"아······."

자신의 상대를 빼앗긴 하르트는 허탈한 얼굴로 카이저를 보았으나 카이저는 자신이 하르트의 상대를 빼앗았다는 걸 자각하지 못한 듯했다.

"놈을 막아라!"

카이저의 모습을 확인한 제국의 기사들이 카이저를 막기 위해 사방에서 달려들었다.

그러나 카이저는 리버스 오러를 사용해 가볍게 제국의 기사들을 베었다.

전쟁이라고는 믿기 어려울 만큼 여유롭고 가벼운 움직임에 카이저 혼자의 행동만 본다면 검무를 춘다고 해도 믿을 수 있을 정도였다.

하지만 이어지는 결과는 그리 가볍지 못했다.

"정녕 괴물이라는 말인가?"

크로이드 제국의 귀족 한 명이 두려움에 떨며 카이저를 보았다.

오러 마스터들도 몇 명 섞여 있었으나 카이저의 앞을 가로막은 그들은 익스퍼트와 오러 마스터를 막론하고 모두 일격에 목숨을 잃었다.

신기에 가까운 검술 솜씨였다.

"이제 나올 차례인 거 같군."

자신에게 덤벼들던 제국의 기사들을 모조리 해치운 카이저는 두려워서 다가오지 못하는 기사들을 무시하고 요새 바로 앞에 멈춰 섰다.

"루시오스 백작."

자신을 향한 말임을 알고 있는 에테르 황제가 이를 갈며 카이저를 노려보았다.

눈빛만으로 사람 하나 정도는 가볍게 죽일 것 같은 흉흉한
기세였다.

"안 나온다면 이쪽에서 가줘야 하나?"

카이저는 요새의 문을 향해 검을 휘둘렀다.

마법사들이 펼쳐놓은 방어마법이 있었지만 카이저의 일격
에 방어마법은 어이없이 파괴되었다.

콰아앙!

뒤이어 마법의 영향이 사라진 요새의 문이 오러 블레이드
의 충격에 산산이 부서지며 길이 열렸다.

"그래. 길게 끌 필요는 없겠지."

에테르 황제 역시 깨닫고 있었다.

이 전쟁에서 승리하기 위해선 카이저를 죽여야만 한다는
것을.

더구나 에리카를 찾아오기 위해선 더더욱.

"죽여주마!"

"할 수 있다면 해봐라!"

어디선가 나타난 이기어검들이 상대를 향해 쇄도했다.

카이저는 자신을 향해 날아오는 에테르 황제의 이기어검
들을 리버스 오러를 사용해 순식간에 쳐내고 곧장 에테르 황
제를 향해 몸을 날렸다.

아직 에테르 황제는 카이저의 이기어검들을 하나씩 막아
내고 있었기에 빈틈이 생긴 상태였다.

스팟!

붉은 궤적은 에테르 황제의 머리카락 몇 가닥을 잘라냈다.

간발의 차이로 카이저의 공격을 피했다고 여긴 에테르 황제는 반격을 날리려다 자신을 노리는 카이저의 이기어검들과 새로 생긴 붉은 궤적을 보며 재빨리 뒤로 몸을 피했다.

'새로운 패턴인가?'

카이저의 전투방식은 한층 더 진화해 있었다.

10자루의 이기어검과 리버스 오러의 연계로 빈틈이라고는 찾아볼 수 없는 상태였다.

'더 빨라졌다.'

에테르 황제가 놀란 것처럼 카이저 역시 긴장했다.

그동안 새로 오른 경지에 적응했는지 에테르 황제의 몸놀림이 이전보다 훨씬 좋아져 있었다.

머리카락도 어느 정도 기른 상태가 아니었다면 결코 자를 수 없었을 것이다.

"공격연계는 나쁘지 않지만 그래서야 후방이 허전할 텐데?"

에테르 황제의 말과 함께 조금 전 카이저가 쳐 낸 이기어검들이 카이저의 목을 노리고 날아들었다.

촤르르르륵!

하지만 에테르 황제의 이기어검들은 갑자기 어디선가 날아온 사슬들에 가로막혔다.

연합군의 오러 마스터들 중 사슬을 사용하는 자가 있다는 이야기는 이미 유명했던 터라 에테르 황제는 그자가 끼어들었다고 생각했지만 요새 안에 있는 연합군의 인물은 카이저 하나뿐이었다.

"그 사슬은……."

"조금 번거롭기는 하지만 못 쓸 것도 없더군."

놀랍게도 사슬은 살아 있는 것처럼 움직여 에테르 황제의 이기어검들을 묶었다.

카이저가 잡고 있는 것도, 다른 누군가가 잡고 있는 것도 아니었다.

에테르 황제는 사슬을 은은한 붉은빛이 감싸고 있다는 걸 알아차렸다.

"이기어검의 응용인가?"

검을 조종할 수 있다면 검이 아닌 것도 가능할 것이다.

시도해본 적은 없었지만 충분히 그럴 수 있을 거라고 에테르 황제는 확신했다.

"절반의 정답이라고 해두지."

사아아악!

카이저의 주위에 있던 마나가 붉게 침식되어가기 시작하자 에테르 황제의 표정이 험악해졌다.

리버스 오러가 상대를 직접 공격하는 기술이라면 카이저가 대기의 마나를 침식하는 건 상대의 공격을 차단하는 기술이었다.

저 범위 내에서는 마나를 자유자재로 다루지 못하기에 경지에 상관없이 실력이 퇴보할 수밖에 없었다.

땡그랑!

"음?"

사슬에 묶여 있던 이기어검들이 바닥으로 떨어지자 에테르 황제는 의아한 얼굴로 떨어진 검들을 보았다.

자신의 이기어검들이 통제를 벗어나 있었다.

그것도 10자루 전부.

"설마 그런 것도 가능할 줄이야."

자신의 검들이 통제를 벗어나기 전에 카이저가 대기를 침식하는 걸 본 에테르 황제는 카이저가 무슨 방법으로 검들의 통제를 뺏은 건지 알 수 있었다.

이기어검은 그랜드 소드 마스터가 멀리 떨어져 있는 검을 조종하는 기술이고 그 과정에는 필연적으로 마나가 필요했다.

그런데 카이저는 이기어검을 붙잡고 그 주위의 마나를 전부 침식해 에테르 황제로부터 검으로 마나가 공급되는 틈새를 완전히 차단한 것이다.

"이제 와서 구차하게 항복하지는 않겠지?"

에테르 황제의 이기어검들을 차단한 카이저는 한결 여유를 부렸다.

그러나 카이저의 눈은 예리하게 에테르 황제의 반응을 주시하고 있었다.

이번은 통했지만 이후 전투에서도 이 방법이 통하리라는 보장은 없었다.

아니, 통하지 않을 가능성이 높았다.

상대의 기술을 알고 있다면 대처방법을 세우는 건 그리 어려운 일이 아니기 때문이다.

"항복이라니, 짐이 무엇 때문에 그리해야 하지?"

이기어검을 잃었으나 에테르 황제는 별로 동요하지 않았다.

이기어검이란 분명 그랜드 소드 마스터가 다른 소드 마스터들과 차별화되는 특별한 권능이기는 하지만 그것이 잃어봤자 조금 불리해질 뿐, 진다고 확신할 수는 없었다.

"짐이 죽거나 그대가 죽거나. 둘 중 하나가 죽는 반반의 확률이 아닌가?"

아무리 많은 변수가 등장한다고 해도 결과는 정해져 있었다.

그렇기에 검사는 얼마든지 목숨을 걸 수 있었다.

"그래, 그렇지."

카이저는 에테르 황제의 말에 순순히 수긍하며 한편으로는 아쉬운 마음이 들었다.

적이 아니었다면, 에테르 황제가 보다 나은 방법을 선택했더라면 에테르 황제는 대륙통일에 성공했을 것이다.

베네시아 왕국과 크로이드 제국의 힘을 합한다면 결코 어려운 일이 아니었다.

'아닌가?'

그러나 이내 자신이 먼저 전쟁을 일으킬 리가 없다는 것에 생각이 미쳤다.

이미 카이저 자신은 베네시아 국왕을 처단하기 위해 자신도 알지 못하는 수많은 원수를 만들고 말았다.

그런 상황에서 에테르 황제와 같이 대륙전쟁을 일으켰다면 대륙에서 살아가는 사람들의 반 이상이 원수가 되었을 것이다.

검사로서 누군가를 죽이다 보면 원한을 가진 이가 생기는 건 당연하지만 그래 봤자 개인의 일.

원수의 숫자는 많아봐야 3자리수다.

하지만 전쟁이라는 특별한 환경에선 못해도 몇 만 단위에 많으면 수백만이 넘는 자들에게 원한을 사게 된다.

그래봐야 자신이 살해당할 리는 없다고 자신할 수 있지만 자신이 아닌 주변에게 피해가 발생하는 것까지 모두 막을 수는 없었다.

에리카를 생각해서라도 이 이상으로 원수를 늘릴 만한 일은 피해야 했다.

"하압!"

에테르 황제의 이기어검을 차단한 카이저는 선제공격을 가했다.

10자루의 검이 에테르 황제의 주위를 맹렬히 회전하며 신경을 분산시키고 리버스 오러를 사용하는 카이저가 정면에서 에테르 황제를 노렸다.

쫘아앙!

에테르 황제는 리버스 오러의 궤적을 파악하고 그 궤적에 맞춰 검을 휘둘렀다.

힘에서는 자신이 월등하다는 확신이 있었기에 리버스 오러를 중간에 끊어낸다면 충분히 공격을 성공시킬 수 있을 거라는 생각이었다.

콰지직!

카이저는 자신을 짓누르는 강한 힘에 밀려나지 않기 위해 발끝에 힘을 주었다.

그러자 카이저가 받은 충격은 고스란히 바닥으로 전달되었고 충격을 견디지 못한 바닥에 실금이 생겨났다.

콰아아앙!

에테르 황제는 카이저가 힘겹게 버티는 모습을 보며 자신의 생각이 맞았음을 확신하고 맹렬히 공격을 날렸다.

이기어검을 잃은 지금 방어만 해선 승기를 결코 잡을 수 없었다.

이기기 위해선 강한 힘을 통한 공격이 이어져야 했다.

"꺾어주겠다!"

카이저는 에테르 황제의 공격이 이어질 때마다 뒤로 밀려 났다.

속도는 자신이 훨씬 빠르지만 힘에서 에테르 황제를 이길 수 없었다.

'장점을 최대한 살려야 한다.'

부족한 힘을 보충하기는 어려웠기에 카이저는 자신의 속 도를 더욱 끌어올릴 방법을 모색했다.

에테르 황제의 주위를 돌던 10자루의 이기어검은 충분히 그 해답이 되어줄 수 있었다.

쐐애애액!

카이저가 있는 정면을 제외한 측면과 후면, 그리고 위쪽에 서 에테르 황제의 빈틈을 향해 이기어검들이 파고들었다.

자신의 이기어검을 차단당한 에테르 황제는 그것을 막아 내기 위해 직접 검을 휘둘러야만 했다.

그리고 그로인해 발생하는 틈은 카이저의 리버스 오러가 에테르 황제를 베기에 충분했다.

스파파팟!

카이저는 에테르 황제가 뒤로 물러나는 것까지 계산하고 연달아 리버스 오러를 사용했다.

하지만 에테르 황제는 도리어 정면으로 달려들었다.

'호오.'

찰나의 순간에 이뤄진 신속하고 정확한 판단에 카이저는 감탄했다.

이렇게 무모한 행동을 태연히 저지를 수 있는 자는 몇 되지 않았다.

푸학!

그러나 이미 이런 상황을 겪어본 카이저는 이기어검을 자신의 의지로 조종해 정확성을 높임으로 에테르 황제의 등에 상처를 입혔다.

그렇게 심한 상처는 아니지만 싸움이 장기전이 될 경우 치명적으로 작용할 것이다.

"으아아아!"

고통을 떨쳐내려는 듯 에테르 황제는 힘찬 기합과 함께 검을 정면으로 내찔렀다.

하지만 찌르는 동작이 큰 만큼 카이저는 충분히 궤도를 읽어내고 에테르 황제의 공격을 막아냈다.

츠카카칵!

서로 맞닿은 오러 블레이드가 부서져 나가며 칼날이 불꽃을 튀겼다.

'단지 육체능력만 강해진 것도 아니군.'

화염의 오러 블레이드를 뚫고 들어온 공격에 카이저의 눈에 이채가 감돌았다.

그동안 카이저에게 강한 힘을 되어주었던 화염의 오러 블레이드와 거의 대등한 힘을 발휘한 것이다.

그만큼 오러 블레이드를 사용하는데 필요한 마나는 늘어나겠지만 이기어검을 쓸 수 없는 대신 어느 정도 감당할 수 있을 것이다.

'하지만 이 정도라면.'

화르르륵!

카이저의 검을 감싸고 있던 화염의 오러 블레이드가 크기를 줄이며 압축되었다.

쩌저적!

카이저가 오러 블레이드를 압축하자마자 에테르 황제의 검이 부서지기 시작했다.

검에 발생한 이상에 에테르 황제는 인상을 와락 찌푸렸다.

육체능력이 아무리 성장해 봐야 검은 변화하지 않았다.

'제기랄!'

조금 더 좋은 검이 있었다면 하는 아쉬움이 들었지만 어쩔 수 없었다.

현재 에테르 황제가 사용하고 있는 검 역시 대륙에서 크게 이름을 떨친 명검이었으나 아무리 검이 좋아봐야 오러 블레이드를 감당할 수는 없었다.

스파파팟!

카이저는 틈을 놓치지 않고 계속해서 리버스 오러를 사용해 에테르 황제를 몰아붙였다.

주위를 날아다니며 빈틈을 노리거나 견제를 해오는 이기어검들 역시 거슬리기는 마찬가지였다.

쩌어엉!

리버스 오러를 사용한 카이저와 또다시 정면으로 검을 맞댄 에테르 황제는 자신의 검이 엉망으로 변하는 광경에 이를 부득 갈았다.

육체능력에서는 확실히 앞서지만 검이 받쳐주지 못한다.

이대로라면 결코 승리할 수 없었다.

에테르 황제의 눈이 주위를 살피기 시작했다.

명검 반열에는 들지 못하지만 그래도 당장 부러질 것 같은 이 검보단 다른 검들이 나을 것이다.

"설마 순순히 다른 검을 잡을 수 있게 해줄 거라고 생각하는 건 아니겠지?"

카이저는 그런 에테르 황제의 생각을 비웃었다.

에테르 황제는 자신의 범위 안에 확실히 들어와 있었다.

이 범위 안에선 이기어검을 쓸 수 없다.

당연히 멀리 떨어져 있는 검을 가져오는 것도 불가능했다.

"까불지 마라!"

카이저의 비웃음에 발끈한 에테르 황제가 검을 수직으로 내리쳤다.

콰장창!

그러나 아래로 내려오던 검은 강한 반발에 부딪쳐 허공으로 솟구쳤다.

자신의 검이 부서져버리자 에테르 황제는 주춤거리며 뒤로 물러났다.

무기가 필요했다.

검이 아니라도 일단 카이저의 공격을 막을 수 있는 것이면 충분했다.

"폐하!"

그리고 다행스럽게도 에테르 황제에게는 검을 공급해 줄 만한 인물이 있었다.

이곳은 크로이드 제국의 요새 안이었던 만큼 아군은 충분했던 것이다.

휘리리릭!

사방에서 수십 자루의 검이 날아들었다.

기사들은 기꺼이 에테르 황제를 위해서 자신들의 검을 내주었다.

카이저의 이기어검들이 날아오는 검들을 쳐 냈지만 기사들이 날린 검은 10자루로는 다 막아낼 수 없을 정도로 많았다.

'좋아, 잡았다.'

날아오는 검을 향해 손을 내뻗은 에테르 황제는 손에 쏙 들어오는 검을 확인하고 회심의 미소를 지었다.

콰아앙!

"크윽?"

하지만 어디선가 날아든 이기이검 한 자루가 폭발을 일으켜 에테르 황제의 손에 들린 검을 멀리 쳐냈다.

에테르 황제는 폭발에 휩싸여 붉은 피가 흘러내리는 손을 반사적으로 부여잡았다.

"설마……."

에테르 황제는 루스웰 공작이 온 것이라고 여겼다.

카이저가 다룰 수 있는 검은 10자루까지였고 그 10자루는 모두 이곳에 있었다.

그렇다면 이 공격을 날릴 수 있는 건 오직 하나, 루스웰 공작뿐이었다.

"……."

하지만 그런 의심은 카이저의 뒤에 보이는 한 남자의 모습을 확인한 순간 사라지고 말았다.

"클……."

스팟!

에테르 황제가 상대의 이름을 말하기도 전, 리버스 오러가 번뜩이며 에테르 황제의 목을 베고 지나갔다.

촤아악!

갈라진 목에서 분수처럼 피를 쏟아내며 에테르 황제의 몸이 뒤로 젖혀졌다.

하지만 그 와중에도 에테르 황제의 시선은 카이저가 아닌 뒤편에 있는 남자에게 향해 있었다.

"…라우… 드… 공……."

철퍽!

에테르 황제의 몸이 완전히 허물어지자 소란스럽던 전장에 침묵이 찾아왔다.

크로이드 제국의 기사들은 얼빠진 얼굴로 쓰러진 자신들의 황제를 바라보았다.

그랜드 소드 마스터의 경지에 오른 자신들의 황제가 너무나도 허무하게 목숨을 잃고 말았다.

"이건 내 의견에 긍정하는 대답이라고 봐도 되는 건가?"

카이저는 자신의 뒤편에 서 있는 클라우드 공작을 보았다.

화살이 몸에 꽂힌 채 당장에라도 쓰러질 듯 위태로웠지만 클라우드 공작의 눈은 확실한 의지를 담고 있었다.

"클라우드 공작."

카이저가 자신의 이름을 부르자 클라우드 공작은 힘겹게 발걸음을 옮겨 카이저의 앞으로 다가왔다.

"전쟁을 종결시켜 주시오."

클라우드 공작은 그 말을 툭 내뱉더니 쓰러진 에테르 황제의 곁으로 다가갔다.

카이저는 그런 클라우드 공작의 모습을 가만히 지켜보다 몸을 돌렸다.

"전군, 퇴각하라!"

카이저의 외침에 치열하게 싸우던 베네시아 왕국의 기사들의 움직임이 멈추었다.

"크로이드 제국의 황제는 방금 나의 검에 목숨을 잃었다! 목적은 달성했다. 모두 퇴각하라!"

에테르 황제를 죽였다는 말에 망설이던 베네시아 왕국의 기사들이 차츰 물러나기 시작했다.

에테르 황제가 죽었다면 이 전쟁은 이긴 것이나 다름없었다.

그런데 다 이긴 전쟁에서 죽는다면 자랑스러운 죽음이라고 말하지는 못할 것이다.

크로이드 제국군은 물러나는 베네시아 왕국군의 뒤를 차마 노리지 못했다.

자신들의 황제가 죽었다는 것에 대한 충격과 전쟁의 패배에 대한 불안감, 무엇보다 그들을 지휘해야 할 지휘관들이 전의를 상실한 것이 문제였다.

기사단과 함께 요새에서 물러나며 카이저는 뒤를 돌아보았다.

클라우드 공작은 카이저를 따라나오지 않고 요새에 남아 있었다.

이제부터는 그의 행동에 따라 전쟁의 결말이 달라질 것이다.

* * *

"잘도, 잘도 황제 폐하를!"

드로이 백작이 분노를 토해내며 클라우드 공작을 향해 달려들었다.

제국을 배신한 것으로도 모자라 자신들의 황제가 죽는데 일조했다.

크로이드 제국의 기사로서 당연히 그를 베어야 했다.

"드로이 백작."

"그 더러운 입으로 내 이름을 부르지 마라, 반역자!"

드로이 백작의 검이 클라우드 공작의 목 언저리에 닿았다.

그러나 클라우드 공작은 아무런 동요도 하지 않았다.

"앞으로 어찌할 텐가?"

"당연히 황제 폐하의 뒤를 따를 것이다! 죽음이 두려워 도망친 반역자처럼 구차하게 목숨을 연명할 것 같으냐?"

"죽음이 두려워서라……."

클라우드 공작은 조소를 흘렸다.

결국 그가 했던 행동은 죽음이 두려워 조국을 배신한 것으로 취급되었다.

에테르 황제도, 다른 기사들도 그의 뜻을 이해해 주지 못했다.

"나의 행동이 그대의 눈에는 그리 보였는가?"

"물론이다."

"내가 정말 죽음을 두려워했다면 이곳에 혼자 남지는 않았겠지. 나를 죽이고 싶다면 죽여도 좋네. 하지만 그전에 한 가지 묻고 싶은 게 있네. 자네들은 황제 폐하의 뒤를 따를 것인가?"

"방금 그렇게 말했을 터다!"

"자네도 마찬가지인가?"

클라우드 공작의 시선은 주위를 둘러싼 채 그를 바라보던 한 마법사에게 향했다.

이에 마법사는 아무 말도 할 수 없었다.

호기롭게 죽음 따윈 두렵지 않다고 소리치고 싶었으나 차마 그럴 용기가 나지 않았다.

"어찌 대답하지 않는 것이냐? 네놈도 반역자인 것이냐!"

드로이 백작은 아무 말도 못하는 마법사를 향해 당장에라도 검을 휘두를 기세였다.

"아, 아닙니다!"

"소리치지 말게, 드로이 백작."

클라우드 공작은 드로이 백작을 진정시키며 에테르 황제의 시신을 바라보았다.

조금 전까지 살아서 숨 쉬었을 에테르 황제의 몸은 서서히 차가워지고 있었다.

"루시오스 백작이 말하더군. 이 전쟁을 종결시키겠다고.

전쟁을 선언한 황제 폐하께서는 승하하셨고 더 이상 이 전쟁을 이끌어나갈 만한 지휘관은 없네. 아니, 그보다 앞으로 제국을 통치할 새로운 황제를 옹립하는 것만으로도 큰 문제지."

"하고 싶은 말이 뭐지?"

"항복하게."

클라우드 공작의 항복하라는 말에 드로이 백작은 머리가 차갑게 식는 것을 느꼈다.

애초에 전쟁에 참가한 이들 대부분은 자신들이 원하지 않은 채 그저 귀족들의 명령에 따라 이끌려온 이들이 대부분이었다.

그런 상황에서 자신들의 기둥이 될 에테르 황제마저 목숨을 잃었으니 전쟁의 승패는 둘째치고 당장 제국의 존망이 위험했다.

다른 국가라면 계승순위를 따져 새로운 군주를 옹립하겠지만 크로이드 제국은 에테르 황제를 제외하면 마땅한 후계자가 없었다.

황실의 혈통을 가진 황자들이 내전에서 에테르 황제의 손에 모두 목숨을 잃었기 때문이다.

다른 황족들도 마찬가지였다.

황자들의 편에 섰던 황족들은 모두 목이 잘렸으니 이제 황위를 계승할 수 있는 건 지방으로 밀려나 있는 방계혈족뿐이었다.

황녀들의 경우도 다른 귀족들과 마찬가지였다.

그녀들의 세력은 외가에서 나오는 힘인데 이 전쟁으로 귀족세력의 힘은 대폭 축소되고 말았다.

더구나 황녀들이 한두 명도 아니니 서로 황제의 자리에 오르겠다고 싸움을 벌일 것이다.

어쩌면 두 번째 내전이 벌어질지도 모른다.

그것도 연합군이라는 큰 적을 앞두고 말이다.

"하, 고작 그런 말을 하려고 남은 건가? 그렇게 겁을 준다고 해서 항복할 성 싶은가?"

"상황을 냉정하게 바라보게. 더 이상 제국은 희망이 없네. 연합군이 제국을 멸망시키려고 해도 그걸 막을 힘이 없지."

"그래서 항복하라는 건가? 불명예스럽게 그들의 밑에 들어가 속국이라도 되라는 말인가?"

"속국 따윈 될 필요 없네. 제국이 멸망하지 않고 속국도 되지 않을 방법이 있어."

단호한 클라우드 공작의 말에 드로이 백작은 좋지 않은 예감을 느꼈다.

이 이상 클라우드 공작의 말을 들으면 왠지 그에게 설득되어버릴 것만 같았다.

그렇기에 드로이 백작은 당장 클라우드 공작의 목에 드리워진 검을 휘두르려고 하였다.

"저, 정말 방법이 있습니까?"

조금 전 그 마법사였다.

드로이 백작은 모르는 일이었지만 사실 그 마법사는 황혼의 마탑 소속으로 클라우드 공작과 아는 사이였다.

그리 친한 관계라고는 말할 수 없었지만 간간이 대화를 주고받았으며 그랜드 소드 마스터이자 공작의 자리에 앉아 있으면서도 자신을 깔보지 않는 클라우드 공작에게 어느 정도 호감을 가지고 있었다.

더구나 삶에 대한 집착이 굉장히 강했다.

이는 그의 집안사정과 관련되어 있는데 클라우드 공작은 시몬과 함께했던 어느 연회에서 그의 집안사정에 대해서 들은 적이 있었다.

가난한 집안.

어렸을 때 돌아가신 아버지와 병든 어머니, 돌봐야 할 동생들.

그런 자들은 자신의 목숨을 쉽게 내다버리지 못한다.

"물론 있다."

그 마법사의 발언에 드로이 백작은 클라우드 공작의 목을 칠 타이밍을 놓치고 말았다.

클라우드 공작은 어느새 드로이 백작의 손을 붙잡고 있었다.

'꼼짝도 하지 않는다.'

아직 몸 곳곳에 화살이 꽂혀 있고 그로인해 상당히 약해졌을 클라우드 공작인데도 드로이 백작은 손을 움직일 수 없었다.

이미 클라우드 공작에게 제압당했을 때부터 격차를 느끼고는 있었지만 이렇게 큰 차이가 날 줄은 몰랐다.

"사, 살 수 있다고?"

"그 방법이 무엇입니까?"

병사들도 병사들이지만 병사들을 단속해야 할 기사들 역시 동요하고 있었다.

전쟁에서 패배하는데도 불구하고 목숨을 건질 수 있는 건 물론이고 제국의 지위를 유지하는 방법까지 있다는 말은 무척이나 솔깃했다.

"새로운 황제, 현재 제국의 사정상 여황 폐하를 받아들이는 것이지."

"고작 그런 방법으로 제국이 살아남을 수 있을 리가 없다!"

드로이 백작은 클라우드 공작의 말에 반박했고 그건 조금만 생각이 있는 자라면 기사들은 물론 병사들도 동의하는 사실이었다.

새로운 여황과 제국의 존속에 무슨 연관이 있다는 말인가?

"아니, 살아남을 수 있네. 새로운 여황 폐하로 에리카 공주님을 받아들인다면."

"……!"

드로이 백작은 그제야 불안감의 원인을 깨달았다.

이것은 너무나도 달콤한 제안이었다.

베네시아 왕국과 크로이드 제국은 서로 인접하지 않은 국가이니만큼 어느 한쪽의 속국이 될 수는 없었다.

그러니 에리카를 여황으로 뽑는다면 베네시아 왕국과 크로이드 제국은 굳건한 동맹체계를 맺으면서 대등한 위치에 설 수 있었다.

게다가 혈통에서도 문제될 것이 없었다.

에리카는 이미 에테르 황제가 자신의 친여동생이라고 널리 알린 몸으로 다른 왕국들도 그 사실을 알고 있었다.

선대 황제의 피를 제대로 잇고 있는 명실상부한 황실의 후예인 것이다.

게다가 연합군에 대한 걱정도 해결할 수 있었다.

베네시아 왕국이 연합에서 빠져나가고 크로이드 제국과 동맹을 맺는다면 그 동맹은 어느 왕국과 쉽게 건드릴 수 없는 무시무시한 힘을 갖게 된다.

그동안 카이저 데 루시오스라는 이름의 청년이 보여준 활약을 통해 그 사실은 충분히 증명할 수 있었다.

만약 이를 무시하려고 한다면 연합군은 베네시아 왕국과 크로이드 제국을 동시에 상대해야 했다.

'3명의 그랜드 소드 마스터.'

눈앞에 있는 클라우드 공작과 베네시아 왕국의 루시오스

백작과 루스웰 공작.

연합군을 상대하기에는 충분한 전력이었다.

더구나 크로이드 제국은 베네시아 왕국이라는 이름의 구명줄을 절대로 포기할 수 없었다.

멸망을 피하기 위해서 최선을 다해 연합군과 맞서 싸울 것이다.

물론 베네시아 왕국의 디케르 국왕이 이 일을 가만히 보고 있지는 않을 것이다.

귀족들이 제멋대로 이런 중대한 사안을 결정할 권리는 없으니.

그렇지만 그가 허수아비 국왕이라는 사실은 드로이 백작도 잘 알고 있었다.

카이저의 실력을 확인한 이후 제국 정보부는 베네시아 왕국에 눈과 귀를 집중시켰기에 어렵지 않게 이 사실을 알아차렸다.

'죽여선 안 된다.'

드로이 백작은 클라우드 공작을 죽여선 안 된다는 걸 깨달았다.

클라우드 공작의 존재는 크로이드 제국이 베네시아 왕국에 이용만 당하다가 멸망할 수 있는 최악의 상황을 피하기 위해 반드시 필요했다.

에리카가 여황이 된다면 그녀는 당연히 크로이드 제국보

다 베네시아 왕국을 위해 일할 것이다.

그걸 막을 만한 힘을 가진 인물은 클라우드 공작이 유일했다.

역설적이게도 황제를 배반한 그가 현재 상황에서 가장 제국을 위한 일을 할 수 있는 것이다.

"선택하게, 드로이 백작. 항복하지 않는다면 그대들 역시 이 자리에서 죽는다. 크로이드 제국과 함께."

"제기랄!"

죽여야 하는데 죽여선 안 된다.

황제를 배반하고 죽음으로 몰고 간 대역죄인임에도 불구하고 클라우드 공작은 크로이드 제국을 구할 수 있는 유일한 인물이었다.

"항복합시다. 싸워봤자 이기지도 못하는 전쟁입니다."

"저희 가족들이 놈들 손에 짓밟히게 할 수는 없습니다. 항복하면 가족들의 안전은 보장해 주겠지요."

"그게 말이 된다고 생각하는 것이냐? 이 크로이드 제국을 놈들에게 내주자고?"

드로이 백작을 결정을 내리지 못하는 사이 지휘관들끼리의 다툼이 벌어졌다.

항복해야 한다고 강하게 주장하는 자가 있는가 하면 제국이 멸망하는 한이 있더라도 싸워야 한다는 것을 주장하는 자도 있었다.

"그리고 가족들의 안전을 보장해 준다고 누가 그랬느냐? 놈들의 무엇을 믿고……."

"모두 보장하네. 가족들의 안전은 물론 이 크로이드 제국의 영토까지."

클라우드 공작의 말에 한 지휘관이 반발했다.

"놈들도 전쟁으로 잃은 게 있는데 그런 형편 좋은 일을 해 줄 것 같소?"

"우리 크로이드 제국과 동맹을 맺는 게 잃은 것보다 더 크지 않은가?"

"……."

지휘관은 이 말에는 마땅히 반박할 거리를 찾지 못했다.

아직까지 이 크로이드 제국은 상당한 국력을 지니고 있었다.

전쟁으로 입은 손해가 막심하기는 하지만 몇 년 만 지나면 그 정도 손해는 만회할 수 있을 것이고 그 뒤에는 멀쩡한 제국을 손에 넣게 된다.

베네시아 왕국의 입장에서는 마다할 이유가 없었다.

"항복… 한다."

드로이 백작은 떨어지지 않는 입을 억지로 열었다.

"안 됩니다! 절대 항복할 수 없습니다!"

"끝까지 싸워야 합니다!"

지휘관들의 반대하는 목소리가 쏟아져 나왔지만 드로이

백작은 이것이 최선의 방법임을 잘 알았다.

무엇보다 지금 소리치고 있는 이들은 하나같이 가진 게 많은 귀족층이었다.

병사들은 어느 누구도 싸워야 한다고 말하지 않았다.

당연한 일이다.

그들은 그저 명령에 따를 뿐, 무엇 때문에 싸워야 하는지도 제대로 모르는 이들이었다.

싸우지 않을 방법이 있다면, 그 방법을 선택해도 그리 손해를 보는 것도 아니라면 당연히 싸움을 피할 것이다.

"항복한다."

드로이 백작은 다시 한 번 자신의 뜻을 말했다.

에테르 황제가 죽은 지금 클라우드 공작은 배반자이며 후작의 작위를 가진 이는 이 자리에 없었다.

그렇기에 드로이 백작의 명령에 거부하긴 어려웠다.

"황제 폐하의 시신을 수습하라. 항복이 끝나면 수도로 돌아가서 장례식을 거행한다."

드로이 백작의 명령에 항복에 찬성하던 기사와 마법사들이 서둘러 에테르 황제의 시신을 수습했다.

드로이 백작은 그 광경을 참담한 심정으로 지켜보았다.

"이건 도대체 누구의 뜻이지?"

클라우드 공작은 분명 에테르 황제가 화살을 쏘라고 명령을 내렸을 때 그것을 얌전히 맞았다.

당연히 죽음을 각오한 상태일 것이다.

그렇다면 이건 클라우드 공작의 계획이 아니었다.

"루시오스 백작, 그자의 뜻인가?"

드로이 백작의 물음에 클라우드 공작은 고개를 설레설레 내저었다.

"에리카 공주님의, 그리고 그 공주님의 뜻을 실현시키고자 한 어느 검사의 뜻이네."

"…그렇군."

드로이 백작은 고개를 들어 요새의 망루를 보았다.

항복을 뜻하는 새하얀 깃발이 올라가고 있었다.

Chapter 08
전쟁의 끝

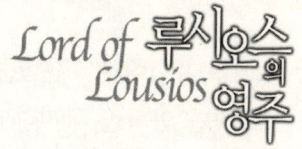

“이, 이건 납득할 수 없소!”

에오스 국왕의 말에 다른 왕국의 국왕들도 고개를 끄덕이며 동조했다.

이번 왕국 연합군의 결성의의가 무엇이던가?

대륙정복의 야욕을 드러내고 있는 크로이드 제국을 힘을 합쳐 물리치자는 것이었다.

그런데 동맹을 가장 먼저 제의한 베네시아 왕국이 크로이드 제국의 항복을 자신들의 의견을 묻지 않고 수용해 버렸다.

그것만으로도 충분히 문제기는 하지만 베네시아 왕국이 전쟁을 그만두면 자신들 역시 큰 피해를 보게 될 연합군이니 어느 정도 넘어갈 수는 있었다.

하지만 약탈을 금지하고 크로이드 제국 영토를 침범하지 않은 건 납득할 수 없는 이야기였다.

더구나 베네시아 왕국은 크로이드 제국이 항복한 당일, 크로이드 제국과 동맹을 체결했다.

이는 크로이드 제국을 치려고 하면 참지 않겠다는 경고의 의미로밖에는 해석할 수 없었다.

"그대가 아무리 베네시아 왕국의 국왕이라고 해도 이런 걸 멋대로 결정할 권리는 없소!"

국왕들이 노발대발하자 디케르 국왕은 한숨을 푹 내쉬었다.

솔직히 자신도 이 일은 방금 보고를 받은 터라 뭐라고 할 말이 없었다.

하지만 루스웰 공작이 베네시아 왕국에 충분한 이익이 될 거라고 판단했다며 그렇다는데 어쩌겠는가?

디케르 국왕은 스스로 허수아비가 되기로 작정하고 국왕의 자리에 올랐다.

루스웰 공작이 그렇다면 그냥 그런 것이다.

게다가 의외로 이 결과물은 썩 나쁘지 않았다.

루스웰 공작가를 침공한 에테르 황제나 그레고리 후작은 목숨을 잃었고 그 과정에서 베네시아 왕국의 무력을 전 대륙에 선보였다.

진정한 대륙 최강국으로 거듭난 것이다.

그리고 동맹의 결성으로 부족한 병력의 숫자도 어느 정도 채워졌으니 연합군도 쉽게 전쟁을 일으킬 수는 없었다.

베네시아 왕국에는 루스웰 공작과 루시오스 백작이 있고 크로이드 제국에는 클라우드 공작이 있기 때문이다.

원래대로라면 반역자로 처형되어야 할 클라우드 공작은 현재 판결을 대기하고 있는 상태였지만 어떤 판결이 떨어지든 그 죄를 사면 받을 가능성이 높았다.

비록 팔 하나가 없다지만 왕국 연합군의 침공을 억제하는 역할 정도는 가능하니 크로이드 제국의 귀족들로서는 클라우드 공작을 내치기 어려울 것이다.

그리고 설령 내쳐도 상관없었다.

클라우드 공작이 크로이드 제국을 나온다면 이 베네시아 왕국으로 올 수밖에 없었다.

'뭐, 내치려고 해도 내치지 못할 것으로 보이는군.'

크로이드 제국은 에테르 황제의 장례식과 더불어 새로운 황제의 즉위로 소란스러웠다.

황족들이 내전으로 대부분 사망하고 마땅한 후계가 없는 터라 이례적인 일이기는 하지만 여황이 뽑힐 것 같았다.

보통은 귀족이 황녀와 결혼한 뒤 황제의 자리에 오르거나 공작의 작위를 가진 이가 황제가 되었겠지만 막 전쟁에서 벗어난 크로이드 제국은 나라를 안정시키기 위해서라도 하루 빨리 새로운 군주가 필요한 것이다.

그리고 새로운 군주가 될 가능성이 가장 높은 건 루스웰 공작의 딸인 에리카였다.

무슨 이유인지 중립을 지켜야 할 황혼의 마탑과 다수의 마법사가 그녀의 즉위를 지지하고 나섰고 다른 마탑들 역시 그런 황혼의 마탑의 행동에 동조했다.

아무래도 천공의 마탑을 회유했을 때처럼 무언가 수를 쓴 듯 했다.

"진정하시지요. 전쟁이 끝났으니 좋은 것 아닙니까?"

"하, 그 전쟁 과정에서 발생한 이익을 모두 베네시아 왕국이 챙기지 않았소? 게다가 반드시 없애야 할 크로이드 제국을 통째로 흡수하려는 걸 누가 모를 줄 아시오?"

"에오스 국왕. 말이 너무 심한 것 아닙니까?"

"심하다고? 베네시아 왕국의 행동은 심하지 않단 말이오?"

두 눈을 치켜세운 채 자신을 몰아세우는 에오스 국왕의 모습에 디케르 국왕은 머리가 아팠다.

뭐, 해결책이 전혀 없는 건 아니었다.

루스웰 공작이나 카이저를 옆에 세워놓으면 알아서 설설 기게 될 것이다.

"우리 왕국도 유능한 기사들을 잃었고 전쟁을 위해 상당한 자금을 소모했습니다. 그리고 어차피 전쟁을 일으킨 건 에테르 황제가 아닙니까? 그를 죽였으면 됐지 제국까지 멸망시키는 건 심한 처사입니다. 또한……."

디케르 국왕은 싸늘한 눈길로 에오스 국왕을 노려보았다.

"이 자리가 어디인지 망각하지 마시오, 에오스 국왕. 난 당신의 신하가 아니니 그따위로 말하면 참고 있을 이유는 없소. 그렇게 전쟁이 하고 싶다면 우리와 해보겠소?"

어린 나이 때문에 허리를 숙이던 디케르 국왕의 태도가 갑자기 돌변하자 에오스 국왕은 꿀 먹은 벙어리가 되었다.

그레고리 후작을 죽이고, 하버크 공작을 죽이고, 에테르 황제마저 죽인 괴물이 있는 왕국과 싸우고 싶은 마음은 조금도 들지 않았다.

"그럼 우리 베네시아 왕국은 연합을 탈퇴하겠습니다."

디케르 국왕이 몸을 돌리자 국왕들은 저마다 베네시아 왕국을 욕하며 떠들었다.

하지만 그들 중 베네시아 왕국을 공격하거나 크로이드 제국과의 전쟁을 이어가자고 이야기하는 사람은 아무도 없었다.

* * *

세 달의 시간이 흘렀다.

크로이드 제국의 귀족들은 에리카를 여황으로 받아들일 수 없다며 그녀의 즉위를 격렬히 반대하였으나 얼마 지나지 않아 그들의 그런 목소리는 쏙 들어가 버렸다.

갑자기 그들이 반대를 그만둔 것에 대해 많은 이가 궁금해했으나 아무도 그 이유를 알 수 없었다.

그나마 소문 정도만 떠돌았는데 자고 있던 귀족들의 머리맡에 검이 꽂혀 있었다는 이야기였다.

그러나 증거가 없었기에 그 소문은 금방 잊혀졌다.

"이거였나?"

카이저는 무죄판결을 받고 풀려난 클라우드 공작과 함께 크로이드 제국의 황궁에 들어와 있었다.

자신을 바라보는 근위기사들의 시선이 결코 호의적이지는 않았지만 그저 노려보기만 할 뿐, 그들은 아무것도 하지 못했다.

왕국 연합에 의해 멸망해야 할 크로이드 제국이 멸망하지 않고 존속할 수 있는 게 카이저 덕분이란 걸 알고 있기 때문이다.

물론 카이저에게도 이익이 되니 그런 일을 해주고 있겠지만 어쨌든 그들로서는 참을 수밖에 없었다.

"에테르 황제 폐하께서 애지중지하던 것들이니 분명하오."

클라우드 공작이 보증하자 카이저는 자신의 손에 들어온 책을 펼쳐보았다.

예상했던 그대로였다.

마나 연공법에 대한 설명은 모두 페네스 하임의 것을 기본 바탕으로 하고 있었고 다른 내용들은 페네스 하임이 정리한 것들을 추가로 보탠 것뿐이었다.

"틀림없군."

하지만 그런 것들보다 카이저의 눈길을 사로잡은 건 이 책을 쓴 자의 필체였다.

수십 년을 곁에서 지켜본 하나뿐인 친우, 로델로의 필체가 분명했다.

"이 녀석이 남긴 책 때문에……."

카이저는 짧게 한숨을 내쉬었다.

전쟁을 일으킨 것은 에테르 황제지만 전쟁을 일으킬 만한 힘을 준 것은 로델로였다.

물론 이 책들이 있다고 해서 누구나 그런 경지에 오를 수 있는 건 아니었다.

선천적으로 타고 난 혈통, 레드 드래곤의 후예이기에 가능한 일이었다.

"경고하지만 그건 모두 제국의 소유물이요."

클라우드 공작은 행여 카이저가 이것에 눈독을 들일까 봐 경계했지만 카이저는 전혀 관심이 없었다.

로델로가 남긴 마법사를 위한 마나 연공법과 수식들은 꽤나 흥미가 있지만 어차피 자신이 배우지는 못할 것들이었다.

나중에 시간을 들여 차차 읽으면 충분했다.

그러나 검술은 순순히 인정하기 어려웠다.

로델로는 그저 페네스 하임의 것들을 정리해 두었을 뿐, 이 마나 연공법의 원 소유주는 페네스 하임이었다.

당연히 환생체인 카이저 자신이 그것을 가져야 했다.

하지만 환생 같은 걸 믿어줄 리도 없고 따로 증명할 방법이 있는 것도 아니었기에 카이저는 미련을 버렸다.

어차피 중요한 지식은 전부 머릿속에 들어 있다.

이 책에 적혀 있는 것들이 퍼지지만 않는다면 상관없었다.

"에리카……."

"쓰읍."

무심결에 에리카의 이름을 부른 카이저는 클라우드 공작의 경고에 어색하게 얼버무렸다.

"…님의 즉위는 일정대로 되는 것이겠지?"

카이저는 에리카의 이름 뒤에 님을 붙여서 말하게 될 줄은 꿈에도 몰랐다.

클라우드 공작은 철저하게 에리카와 크로이드 제국의 편으로 카이저를 비롯한 베네시아 왕국의 세력을 철벽처럼 견제하고 있었다.

"그렇소. 그러나 그대가 여왕 폐하와 장래를 약속했다한들 여왕 폐하를 모셔야 하는 몸이라는 걸 잊지 마시오."

끝까지 반대의 경우는 인정할 생각이 없다는 뜻이었다.

카이저는 어깨를 으쓱이고는 몸을 일으켰다.

자신이 목표로 했던 것이 실제로 존재하는지, 로렐로의 손에 의해 쓰인 것이 맞는지 확인했으니 더 이상 미련은 없었다.

"그럼 이만 돌아가도록 하지."

제국의 황제만 출입이 가능하다는 비밀창고를 나온 카이저는 황궁의 복도를 거닐었다.

대륙의 암흑기 이후 가장 빨리 세워진 국가인 만큼 황궁의 풍경은 대륙의 암흑기 전에 존재하던 왕국의 풍경과 매우 닮아 있었다.

클라우드 공작의 말에 따르면 대륙의 암흑기 당시 멸망한 어느 왕국에서 장식으로 쓰던 물건들을 발굴해낼 그걸로 황궁을 채웠다고 한다.

'꼭 다시 돌아온 것 같군.'

카이저는 페네스 하임이 왕궁의 복도를 거닐던 때를 떠올렸다.

하인과 하녀들은 물론이고 근위기사단이나 귀족들까지 페네스 하임을 보면 고개를 숙이기 바빴다.

그러나 지금 황궁은 에리카의 즉위 준비로 바빠 꽤나 한적한 상태였다.

"그러고 보니 귀족들의 척결은 어떻게 되어가고 있지?"

카이저의 물음에 클라우드 공작은 조금 전과 달리 스산한 분위기를 내뿜었다.

단순히 불같이 화를 내는 것이 아닌 다른 날카롭게 벼려진 한 자루의 차가운 검 같았다.

"눈치 빠른 귀족들이 도망치고 있지만 금방 잡힐 것이오."

"즉위식이 있기 전에 모두 처리해야 할 텐데……."

즉위식이 코앞이었기에 카이저의 얼굴에 근심이 서렸다.

에리카가 이 사실을 듣게 되면 그리 좋아하지 않을 것이다.

그래서 카이저는 크로이드 제국에 남아 에리카가 즉위하기 편하도록 준비를 하고 있는 것이었다.

제국민들에게는 단순한 소문에 불과한 걸로 보이겠지만 아마 다른 왕국에서 보낸 첩자들은 귀족들의 머리맡에 검이 꽂혀 있었다는 말이 단순한 소문이 아니라는 걸 알 것이다.

"직접 찾아가서 검을 꽂는 수고까지 했는데도 그런 선택을 하다니."

여러 기사들이 철통같이 지키고 있는 귀족들의 집에 침입할 수 있는 자들은 몇 되지 않았다.

제아무리 잘 훈련된 암살자들이라고 해도 결코 쉬운 일이 아니다.

그러나 카이저에게는 그리 어려운 일도 아니었다.

전문적인 암살훈련을 받지는 않았지만 그 대신 기사의 위치를 먼저 파악하고 대처할 수 있는 뛰어난 몸이 있었다.

"투입 인원을 더 늘리겠소?"

"아니, 이 이상 늘려봤자 이목만 끌 뿐이지."

카이저의 말은 클라우드 공작 역시 동의하는 바였다.

에리카의 즉위를 반대하는 귀족들은 많았다.

거의 모든 귀족이 그렇다고 봐도 될 정도로.

그럼에도 불구하고 큰 반발 없이 에리카의 즉위식이 준비되고 있는 건 카이저와 클라우드 공작이 에리카의 즉위를 반대하는 귀족을 제거하고 있는 덕분이었다.

"귀족들의 척결은 내가 맡아서 할 테니 너무 신경 쓰지 마시오. 그대는 새로 즉위하는 에리카 여왕 폐하의 남자가 될 몸이니."

"……."

카이저는 클라우드 공작의 말에 왠지 엄한 생각이 들었다.

여황이라고 해도 일단은 황제.

황제의 남자라고 한다면 마치 애첩이라도 되는 것 같지 않은가?

"하아. 루스웰 공작가에 이어 이제는 크로이드 제국까지인가."

카이저는 앞으로 자신이 파묻힐 서류의 산을 상상하고는 몸을 부르르 떨었다.

루시오스 남작가가 루시오스 백작가가 된 뒤 기사들을 가신으로 등용했음에도 불구하고 업무가 3배 정도는 늘어났다.

그런데 루스웰 공작가와 크로이드 제국까지 감당해야 한다면 아마 하루 종일 일해도 서류를 처리하기 어려울 것이다.

행정을 도와줄 인재들이 많이 필요했다.

'새로 더 뽑아야겠군.'

행정관 샤드에게 다시 명령을 내려야겠다고 마음먹으며 카이저는 이제 무엇이 더 남아 있을까 고민했다.

귀족들은 정리 중에 있으니 이제 그 빈자리를 채워야 했다.

하지만 에리카가 즉위하기 전에는 어려웠다.

"아, 그러고 보니……."

카이저는 아직 처리하지 않고 남은 사람들이 있다는 걸 깨달았다.

크로이드 제국의 황녀들.

여러모로 에리카에게 걸림돌이 될 가능성이 큰 여인들이었다.

"황녀들은 어떻게 해야 할지 또 고민이군."

에리카가 여황으로 즉위하기로 하면서 그녀들은 최대한 행동을 조심하며 숨을 죽이고 있었다.

하지만 그렇다고 해서 가만히 내버려 둘 생각은 없었다.

"황녀님들에게 무례한 행동은 삼가시오."

"물론, 귀한 몸들이니 당연히 그래야지."

카이저는 황녀들을 이용할 방법을 모색했다.

역시 가장 좋은 방법은 정략결혼에 이용하는 것이었다.

이번 일로 인해 다른 왕국들과의 관계가 많이 악화되었지만 황녀들을 보내준다면 그 관계를 많이 회복할 수 있을 것이다.

*　　　*　　　*

에리카의 즉위식을 하루 앞두고 카이저는 에리카를 만나고 있었다.

"내일 잘 할 수 있겠어?"

"물론이에요."

에리카는 벌써 몇 주 동안 즉위식 준비를 하고 있었기에 자신감이 넘쳤다.

카이저는 그런 에리카의 모습을 보며 흐뭇하게 웃었다.

"하지만……."

그러나 에리카는 무언가 말을 꺼내려다 말고 표정이 어두워졌고 덩달아 카이저의 미소도 지워졌다.

"왜 그래? 무슨 걱정이라도 있어?"

"즉위하는 건 할 수 있어도 제국을 이끄는 것까지 잘할 수 있을지는 모르겠어요. 전 그런 걸 한 번도 해본 적이 없으니까요."

"아아, 걱정하지 마."

카이저는 고작 그것 때문이었냐며 에리카의 걱정을 사소

하게 평가했다.

물론 그런 생각을 가지는 게 이상한 것은 아니었다.

하지만 카이저는 에리카가 잘해낼 수 있을 거라고 믿었다.

영주들도 그렇지만 중대사는 홀로 결정하는 게 아니었다.

얼마든지 조언을 들을 만한 이들이 곁에 있었다.

"어려운 일은 다른 이들이 도와줄 거야. 정 힘들면 나도 얼마든지 도울 테니까."

카이저의 위로에 에리카는 조금 안심한 것 같았지만 여전히 얼굴에는 긴장감이 묻어났다.

이에 카이저는 에리카의 긴장을 풀어주기 위해 화제를 전환했다.

"그런데 에리카."

"네."

"혹시 네 미들네임인 테이시아와 관련된 제국의 전설에 대해 알고 있어?"

"아니요."

자신이 가진 미들네임이 위험한 것이라는 사실만 안 채 삶의 대부분을 보낸 에리카였다.

그게 무엇을 뜻하는지 알게 된 것은 에테르 황제를 만난 이후였다.

거기에 담긴 전설까지 알 수는 없었다.

"이건 크로이드 제국의 건국사이기도 하니까 잘 기억해둬."

카이저는 자신이 책에서 읽었던 내용을 이야기해 주었다.

초대 크로이드 황제를 과장한 부분은 적당히 넘어가고 테이시아라는 이름의 소녀와 만나게 된 초대 크로이드 황제가 그녀의 도움으로 제국을 건국하는 과정이 주된 내용이었다.

그리 짧은 내용은 아니었던지라 이야기는 새벽까지 계속되었다.

"그리고 마지막에 크로이드 황제는 테이시아에게 청혼했지. 그러나 그녀는 그 청혼을 받아들이지 않았어."

이야기에 깊이 빠져들었던 에리카는 청혼을 거절했다는 부분에서 큰 충격을 받은 모양이었다.

"어째서요?"

"그 부분은 자세히 나와 있지 않아. 내가 읽은 책에는 그녀가 여신이라서 인간과는 맺어질 수 없었다고 나와 있었지만 설마 진짜 여신이었을 리는 없다고 생각해."

환생까지 한 마당에 여신이 있다는 걸 믿지 못하는 건 아니었지만 정말로 여신이 있었다면 이 전설에는 큰 모순이 있었다.

여신은 도대체 대륙의 암흑기 동안 무엇을 했느냐는 것이 바로 그것이었다.

신은 직접 이 땅에 현신하지 않고 대륙에 자신의 뜻을 보여 준다고 하지만 인류가 멸망하기 직전까지 몰린 상황에서 그런 소리를 해봤자 신에 대한 불신만 커질 뿐이다.

"아마 그 내용은 크로이드 황실을 위해 꾸며진 내용일 거야."

"하지만 테이시아라는 사람은 진짜로 있었다는 거잖아요?"

"그건 그렇겠지."

크로이드 제국의 건국과 관련된 인물들 중 하나로 그 이름이 거론되는 여인이었다.

아마 실제로 존재하던 여인은 맞을 것이다.

"그럼 그녀는 왜 청혼을 거절한 걸까요?"

에리카는 이 결말이 마음에 들지 않은 눈치였다.

카이저는 어른의 입장에서 충분히 잘 써진 이야기로 판단했지만 에리카는 그게 아닌 모양이었다.

"아마 벌어진 신분의 격차 때문이거나 몸이 약해지면서 지병을 갖게 된 것이겠지."

제국을 건립한다는 건 결코 쉬운 일이 아니었다.

자세한 나이는 나오지 않았지만 못해도 10년은 넘는 시간이 흘렀을 것이고 카이저는 그 시간이 흐를 동안 테이시아가 많이 늙었을 거라고 판단했다.

"이 결말이 마음에 안 들어?"

"솔직히 그래요. 많이 닮았다고 생각했거든요."

"닮아?"

무엇을 닮았다는 소리일까 고민하던 카이저는 곧 에리카

가 스스로를 테이시아에 대입해 봤다는 걸 알 수 있었다.

이 이야기의 결말에 만족하지 못한 것도 아마 그 때문일 것이다.

그렇다면 청혼을 한 초대 크로이드 제국의 황제는 카이저 자신이었다.

'닮은 건가?'

그렇게 생각해 보니 조금 닮은 것 같기도 했다.

아무것도 가진 것 없는 여인과 고귀한 혈통의 남자.

물론 처음 만날 당시의 카이저는 제국의 황제는 고사하고 왕국의 지방귀족에 불과했다.

그러나 어린 시절의 에리카에게 그 위치만으로도 충분히 높아보였을 것이다.

"그럼 에리카. 결말을 바꿔보지 않을래?"

"결말을 바꿔요?"

"네 말대로 우리가 그들과 닮았다면 다른 결말을 만들면 되는 거잖아. 모두가 행복해진다고는 말할 수 없지만 우리가 행복할 수 있는 결말, 해피엔딩을 말이야."

카이저는 에리카를 향해 손을 내밀었다.

끝끝내 헤어지고 만 비극의 연인 같은 이야기를 싫어하는 건 에리카만이 아니었다.

이야기 자체는 굉장히 마음에 들지만 초대 크로이드 황제가 카이저 자신이라고 한다면 이는 그대로 넘길 수 없었다.

페네스 하임을 뛰어넘은 결과를 이루기 위해선 에리카와의 행복한 결말이 필요했다.

에리카는 카이저의 말에 조금 당황한 것 같았지만 곧 카이저의 손을 붙잡았다.

"네. 꼭 그렇게 해요."

＊　　　＊　　　＊

에리카의 즉위식 날이 되자 전쟁의 패배로 우울하던 크로이드 제국은 간만에 활기를 되찾았다.

수도에서는 에리카의 즉위를 맞아 각 왕국에서 사절단이 파견된 상태였다.

대부분의 왕국이 그다지 호의적인 반응을 보이지 않은 의례적인 사절단의 파견이었지만 왕국을 복원하는 데 자금이 많이 필요한 동부 왕국들은 최선을 비위를 맞추기 위해 최선을 다했다.

카이저는 베네시아 왕국의 귀족으로서 에리카의 즉위에 참관했다.

"앞으로 많이 바빠지겠군."

옆자리에 앉아 있던 루스웰 공작이 갑자기 그런 말을 건네자 카이저는 쓴웃음을 지었다.

바빠질 것이다.

크로이드 제국을 에리카가 지배하기 위해선 해야 할 일이 너무나도 많았다.

클라우드 공작의 가문은 에테르 황제가 전쟁에 집중한다고 다행히 별다른 피해를 입지 않아 많은 도움이 되고 있었지만 그것만으로는 부족했다.

"뭐, 젊은 만큼 고생하는 것 아니겠습니까?"

"그럼 젊은 만큼 고생하게. 페네스 하임."

"카이저입니다."

"어느 쪽이든 그게 그거 아닌가?"

"수다는 그쯤하시지요."

어디서 나타났는지 모를 클라우드 공작이 주의를 주자 카이저와 루스웰 공작은 헛기침을 하며 앞을 주시했다.

에리카의 즉위에 불만을 가지고 있던 그 많던 크로이드 제국의 귀족들이 모두 입이 벌어진 상태로 에리카를 보고 있었다.

황제에 걸맞은 기품이나 카리스마는 없었으나 에리카의 신비스러운 분위기는 그런 게 굳이 필요하지도 않았다.

사람이 아닌 존재를 보는 몽환적인 느낌에 그들은 얼이 나가 있었다.

"공작 각하."

"왜 그러나?"

앞으로 나와 선언문을 읽는 에리카의 모습을 보던 카이저는 클라우드 공작이 시선을 돌린 틈을 타 루스웰 공작을 불렀다.

"저기에 있는 귀족들 이름 좀 알아주십시오."

카이저는 여전히 정신을 못 차리고 에리카를 보고 있는 귀족들을 가리켰다.

"그거야 어렵지 않네만 어디에 쓰려고 그러나?"

"이번에는 배게 밑에 검을 놓고 와야겠습니다."

섬뜩한 카이저의 말에 루스웰 공작은 의아하게 귀족들을 바라보다 이내 고개를 끄덕였다.

그들의 눈은 군주를 바라보는 눈이 아니었다.

그렇다고 이전처럼 불만과 적의로 가득하지도 않았다.

그저 탐욕스럽고 불쾌한 눈빛을 보내고 있었다.

"그래야겠군. 검도 내가 준비해 주지."

"부탁드립니다."

루스웰 공작은 피가 묻어 있는 검이 효과적일 것 같다며 밑에 있는 귀족에게 동물의 피를 구해오라고 말했다.

이 말을 들은 귀족이 그런 게 왜 필요하냐며 기겁했지만 루스웰 공작이 쏘아보자 이내 잠잠해졌다.

그사이 에리카의 선언이 종료되고 우렁찬 박수가 울려 퍼졌다.

선언식 다음 순서는 각 왕국 사절단의 대표들과 함께하는 식사였다.

원래는 루스웰 공작이 참가해야 했지만 에리카의 양아버지기도 한 루스웰 공작은 왕국 사절단 대표에 자신은 어울리지 않는다며 카이저를 앉혔다.

그 때문에 다른 왕국의 사절단들은 무언가 에리카에게 자신들의 불만을 토로하려다 말고 식탁으로 시선을 고정시켰다.

"아주 훌륭한 맛입니다."

그 와중에 동부 왕국 사절단의 대표들이 에리카를 띄워주기 위해 적당히 아부를 건넸다.

"입맛에 맞다니 다행이네요."

에리카는 다른 왕국들과의 관계를 우호적으로 유지해야 한다는 것을 떠올리고 그들에게 간간히 미소를 지어주었다.

덕분에 동부 왕국 사절단의 대표들은 얼굴 표정이 많이 밝아졌으나 중부 왕국 사절단의 대표들과 카이저의 표정은 점점 더 일그러져 갔다.

식사가 끝나고 티타임을 가지는 동안 사절단의 대표들은 에리카의 즉위를 축하하는 뜻으로 준비한 선물들을 꺼냈다.

의례적으로 방문한 중부 왕국의 사절단들도 여기서 만큼은 제법 괜찮은 선물들을 내보였는데 척을 지고 싶지는 않기 때문이었다.

동부 왕국의 사절단들이 꺼낸 선물은 거의 뇌물에 가까운 것들이었다.

마지막으로 베네시아 왕국의 차례가 오자 카이저는 여러 선물들 중 특별히 준비한 것을 들고 에리카의 앞으로 다가갔다.

'선물이 꽤 작은 것 같은데?'

카이저가 내민 선물을 본 사절단 대표들이 의아한 눈길로 카이저를 보았다.

내용물이 무엇인지는 알 수 없으나 카이저가 들고 있는 선물은 작은 상자에 담겨 있었다.

고급스러운 재질과 수려한 무늬를 가진 상자였으나 어쨌든 상자는 상자에 불과했다.

크고 풍성한 선물들과 각 왕국의 특산품들과 비교해 보자면 아무리 대단한 보석이 들었다고 해도 격이 떨어진다고 말할 수밖에 없었다.

"이번 즉위식은 에리카 여황 폐하를 위한 것이니 만큼 베네시아 왕국에서는 에리카 여황 폐하를 위한 선물을 준비했습니다."

"그게 뭐죠?"

에리카는 선물보단 자신에게 높임말을 쓰고 있는 카이저를 흥미롭게 바라보았다.

처음으로 에리카와 카이저의 관계는 역전되어 있었다.

카이저는 옆에 위치한 드로이 백작에게 신호를 보냈고 이에 드로이 백작이 앞으로 나와 카이저가 내민 선물상자를 열어보았다.

혹시 모를 위험을 대비한 것이다.

"……"

선물을 확인한 드로이 백작은 미묘한 눈길로 카이저를 보았다.

정말로 이것이 선물이 맞느냐는 물음이었다.

"근위기사단장. 선물이 뭔가요?"

에리카의 물음에 드로이 백작은 곤란한 표정을 지으며 대답했다.

"그것이……"

다른 사절단들은 깊이 주의를 기울이며 드로이 백작의 다음 말을 기다렸다.

"케이크입니다."

드로이 백작을 뜸을 들이자 대답은 카이저에게서 나왔다.

뜬금없이 케이크가 튀어나오자 사절단들은 하나같이 혼란스러운 얼굴로 카이저를 보았다.

다른 곳도 아니고 황제의 즉위식에 준비한 선물이 케이크라니?

설마 저거 하나만 달랑 들고 온 것은 아니고 다른 선물들도 많겠지만 굳이 케이크를 준비한 이유를 알 수 없었다.

"케이크라니, 특별한 이유라도 있나요?"

에리카 역시 카이저가 준비한 케이크가 무척이나 의외였다.

생일이라면 그럴 수도 있다고 여기겠지만 이건 어디까지나 그녀의 즉위식이었다.

생일과는 맞지 않았다.

"예, 있습니다. 이 케이크는 베네시아 왕국에서 자라는 특별한 과일과 크림을 이용해 만든 것입니다. 과거 한 소녀가 어느 귀족을 위해 준비한 것과 똑같은 것으로 여왕 폐하께는 이만큼 가치 있는 선물이 없다고 생각했습니다."

카이저의 설명에 에리카는 부드러운 미소를 지으며 드로이 백작에게 말했다.

"케이크를 이리 주세요."

에리카의 말에 드로이 백작은 도대체 이게 무슨 짓인지 몰라 미심쩍어 하면서 에리카에게 케이크를 내밀었다.

에리카는 무언가 기대하는 얼굴로 케이크를 살펴보더니 이내 실망한 기색이 역력한 얼굴로 카이저에게 말했다.

"이 케이크는 누가 만든 거죠?"

"베네시아 왕국 최고의 요리사들이 힘을 합쳐 준비한 것입니다."

"그래요?"

에리카는 여전히 실망한 표정이었다.

혹시 카이저가 직접 만든 게 아닐까 기대했었는데 조금도 엉성하지 않은 전문가의 솜씨가 깃들어 있었기 때문이다.

그리고 물어본 결과 이 케이크는 카이저가 만든 게 아니었다.

"하지만 케이크를 장식하는데 쓰인 과일은 베네시아 왕국 서부가 가장 맛이 좋기 때문에 여왕 폐하를 위해 그곳의 영주가 특별히 나서서 따왔습니다."

하지만 이어지는 카이저의 뒷말에 에리카의 표정이 밝게 변했다.

스윽.

에리카가 손을 뻗자 드로이 백작은 당혹스러운 얼굴로 에리카를 보았다.

에리카의 새하얀 손가락은 케이크 위에 예쁘게 장식되어 있는 과일을 살짝 떼어내 앙증맞은 붉은 입술로 가져갔다.

그리고 에리카는 두 눈을 감고 떼어낸 과일을 맛보았다.

"크흐흠!"

그 일련의 행동들을 가만히 지켜보고 있던 이들이 뒤늦게 정신을 차리고 고개를 휙 돌렸다.

고작 과일을 집어먹는 단순한 행동에 마치 홀린 듯이 정신을 놓고 멍하니 바라보고 있었다니, 참으로 민망한 일이었다.

하지만 금세 그들의 시선은 다시 에리카를 향했다.

"훌륭한 맛이네요."

"여왕 폐하의 마음에 드셨다니 다행입니다."

"저를 위해 멋진 선물을 가지고 온 루시오스 백작에게 사례를 하고 싶은데 특별히 원하는 것이 있나요?"

"여왕 폐하께서 하사하시는 것이라면 어떤 것이든 감사히 받겠습니다."

"그래요? 그럼 사례는 이걸로 할게요."

에리카는 어디에 넣고 다녔는지 모를 반지를 하나 꺼내들더니 그것을 자신의 왼손 약지에 꼈다.

그런데 어째 반지의 모습이 굉장히 낯익었기에 귀족들과 사절단의 대표들은 고개를 갸웃거렸다.

"망극할 정도로 과분한 선물입니다."

카이저를 허리를 꾸벅 숙이고 다시 자리로 돌아왔다.

그제야 귀족들은 어째서 에리카가 손에 낀 반지가 익숙하게 느껴졌는지 알 수 있었다.

이미 그들은 그 반지를 보았던 것이다.

카이저의 왼손 약지에 껴져 있는 조금도 다를 바가 없는 똑같이 생긴 반지를.

『루시오스의 영주』 완결

이제부터 전자책은

이젠북

www.ezenbook.co.kr

새로운 세계가 열린다!

한백림 『천잠비룡포』	천중화 『그레이트 원』
좌백 『천마군림』	송진용 『몽검마도』
현대백수 『간웅』	김석진 『더블』
김정률 『아나크레온』	백연 『생사결-영정호우』
임준후 『켈베로스』	예가음 『신병이기』
진산 『화분, 용의 나라』	남운 『개방학사』

이름만 들어도 황홀할 정도의 별들의 향연!

이들의 "유료연재"가 시작됩니다!

검색창에 **이젠북** 을 쳐보세요! ▼ 🔍

노주일 新무협 장편소설
FANTASTIC ORIENTAL HEROES

청어람이 발굴한 신인 「노주일」
그가 선사하는 즐거운 이야기!

내 나이 방년 스물셋. 대륙을 휘몰아치는 전쟁에서
간신히 살아남아 고향으로 돌아왔다.
사실 전쟁은 이미 이기고 지는 건 문제도 아니었다.
단지 전후 협상만이 탁상공론으로 오고 갔을 뿐.
하지만 전쟁터에서는 항시 사람이 죽어 나갔다.
이유도 알지 못한 채 그냥.
그러던 차에 전후 협상처리가 되고 나서 전역했다.
그리고는 곧장 뒤도 돌아보지 않고 고향으로!

『이포두』

내 가족과 내 친구가 있는 곳으로!

Book Publishing CHUNGEORAM

유행이 아닌 자유추구 -
WWW.chungeoram.com

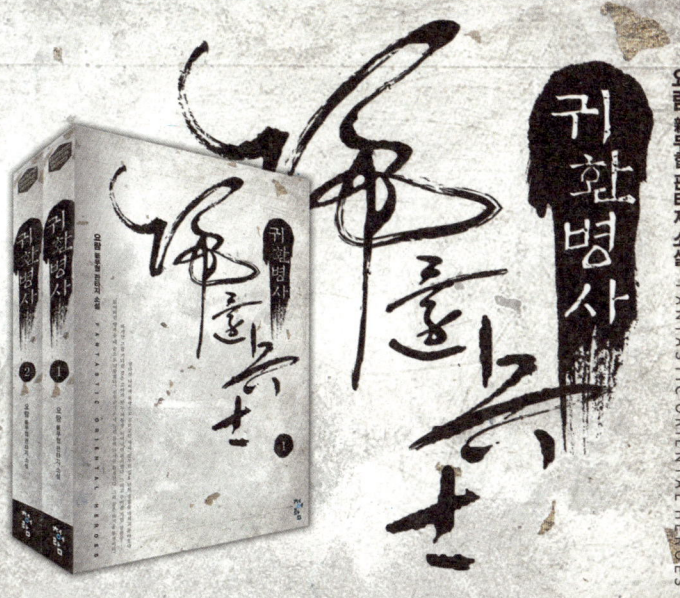

요람 新무협 판타지 소설
FANTASTIC ORIENTAL HEROES

귀환병사

국내 최대 장르문학 사이트를 휩쓴 화제작!
여름의 더위를 꽤뜨리며 차가운 북방에서 그가 온다.

『귀환병사』

열다섯 나이에 북방으로 끌려갔던 사내, 진무린
십오 년의 징집을 마치고 돌아오다.

하지만 그를 기다린 것은 고아가 된 두 여동생, 어머니의 편지였다.
그리고 주어진 기연, 삼륜공……

"잃어버린 행복을 내 손으로 되찾겠다!"

진무린의 손에 들린 창이 다시금 활개친다.
그의 삶은 뜨거운 투쟁이다!

Book Publishing CHUNGEORAM

유행이 아닌 자유추구 -
WWW.chungeoram.com

아르벤드
연대기
Chronicles
of
Arebend

몽연 판타지 장편 소설

FANTASY FRONTIER SPIRIT

아르벤드 대륙의 진정한 역사가 시작된다!

『아르벤드 연대기』

골육상잔을 피하러 황궁을 떠난 비운의 황자 탄트라.
그러나 그를 기다린 건 어쌔신의 습격과 마수가 가득한 숲.

모든 것이 무너져 버린 그에게 악마가 찾아온다.

고향으로 돌아가길 바라는 악마, 아크아돈.
자유를 꿈꾸는 황자, 탄트라.

두 영혼이 하나가 되어 새로이 눈을 뜬다.

탄트라의 행보를 주목하라!

www.chungeoram.com

FUSION FANTASTIC STORY

HUNTER MOON

헌터 문

이훈 장편소설

보름달이 떠오르면 밤의 사냥이 시작된다.
헌터문(Hunter-Moon), 사냥꾼의 달.

귀계의 밤이 열리며 저물지 않는 달이 떠올랐다.
실체 없는 힘을 좇아 명맥을 이어온 퇴마사들.

이제 그들로 인해 세상이 뒤바뀐다.
[미녀들과 귀신 탐험대]의 사이비 퇴마사 예용종과
그의 가족들이 펼치는 좌충우돌 퇴마기.

"퇴마사는 얼어 죽을! 그거 다 쇼야!"
"저기 하늘에 구멍이 뚫렸는데요?"
"으잉?"

Book Publishing CHUNGEORAM

유행이 아닌 자유추구
WWW.chungeoram.com

허담 **신무협** 판타지 소설

FANTASTIC ORIENTAL HEROES

水仙經

수선경

작은 샘이 바다로 모여들 듯,
만류의 법이 하나로 회귀하듯,
다섯 개의 동경이 드디어 하나로 모인다.

검을 만드는 사람과
검을 쓰는 사람,
그리고 검을 버리는 사람의 이야기!

천명을 타고 태어난 **청풍**과 **강검산**
그리고 혈로를 걸어온 살수 **타유**,
그들이 다섯 줄기의 피의 숙명과 마주한다.

Book Publishing CHUNGEORAM

유형이 아닌 자유추구 —
WWW.chungeoram.com